Friedrich Rückert

Rostem und Suhrab

Eine Heldengeschichte in zwölf Büchern

I0640812

Friedrich Rückert

Rostem und Suhrab
Eine Heldengeschichte in zwölf Büchern

ISBN/EAN: 9783337353506

Hergestellt in Europa, USA, Kanada, Australien, Japan

Cover: Foto ©Andreas Hilbeck / pixelio.de

Weitere Bücher finden Sie auf **www.hansebooks.com**

Rostem und Suhrab.

Eine Heldengeschichte

in zwölf Büchern

von

Friedrich Rückert.

⊨⊣

Zweite Auflage.

Stuttgart.

Verlag von S. G. Liesching.

1846.

Druck von J. Kreuzer in Stuttgart.

Erstes Buch.

1.

Laß aus dem Königsbuch der Perser dir berichten
Von Rostem und Suhrab die schönste der Geschichten,
  Von Heldenruhm, wie leicht er Frauenlieb erwarb,
Und wie der eigne Sohn, erlegt vom Vater, starb!
  Held Rostem sprach, als er am Morgen war erwacht:
Auch heute hab ich nicht zu reiten in die Schlacht.
  Afrasiab, der Fürst von Turan, läßet ruhn
Die Waffen, friedlich blüht das Reich von Iran nun;
Doch in der Friedensruh was soll ich selber thun?
  Da rüstet' er sich schnell zur Jagd, er band in Eile
Den Gürtel fest, und hieng den Köcher um voll Pfeile.
  Den Bogen prüft' er, ob er nicht die Kraft verlor;
Dann zog er aus dem Stall den edlen Hengst hervor.
  Dem war die Weile dort wie seinem Herren lang;
Er wieherte vor Lust, als er ihn setzt' in Gang.
  Er schwang sich auf den Rachs, und sagte nicht ein Wort
Den Seinigen im Haus, in Eile ritt er fort.
  Der Mark von Turan zu wandt er sein lockig Haupt,
Alswie ein Löwe, der nach seiner Beute schnaubt.
  Wie zu der Turanmark er hingekommen war,
Die Haide nam er da voll wilder Elke war.
  Wie eine Rose war erblüht des Helden Wange
Vor Lust, er tummelte den Rachs mit raschem Gange.
  Mit Pfeil und Bogen bald, mit Keul und Fangeschnur,
Ein Dutzend Stücke warf er nieder auf die Flur.

Aus Dornen und Gesträuch und manchem Baumesast
Entzündet' er darauf ein Feur von starkem Glast.
  Und als zu Kolenglut war eingebrant die Flamm,
Erkor der Recke sich zum Bratspieß einen Stamm.
  Der Elke feistesten steckt' er an diesen Baum,
Der wog in seiner Hand nicht eines Vogels Flaum.
  Er drehte wohl den Spieß, daß fein der Braten briete
Auf allen Seiten gleich, und nirgend ihm misriete.
  Und als er gaar nun war, nam er ihn vor, und saß
Am grünen Boden hin mit guter Lust und aß,
Wobei er auch das Mark im Knochen nicht vergaß.
  Gesättigt, schritt er nun hin wo ein Waßer lief,
Zur Gnüge trank er auch, dann legt' er sich und schlief.
  Am Rand des Baches lag der Held, den heißen Tag
Ausschlafend, und sein Ross gieng weidend frei im Hag.

2.

Als Rostem lag und schlief, und an sein Ross nicht
          dachte,
Da kamen Türken her, ein sieben oder achte.
  Die sahn ein edles Ross frei weiden in dem Bann
Von Turan, und zu sehn zum Rosse war kein Mann.
  Worauf sie sich alsbald das Ross zu fangen schickten:
Sie hättens nicht gewagt, wo sie den Mann erblickten!
  Da kamen sie dem Rachs mit ihrer Fangschnur nah;
Aufschnaubt' er wie ein Leu, da er die Fangschnur sah.
  Nicht wollte sich der Rachs geduldig laßen fangen,
Es wäre schlimm zuvor erst einigen ergangen.
  Den Kopf vom Rumpfe riß dem einen sein Gebiß;
Derweil ein Hufschlag zwei zu Boden hinten schmiß.
  Der kühnen Türken so getödtet lagen drei,

Das kriegerische Ross war noch von Banden frei.

Doch unverdroßen stürmt herbei der andre Tross,
Und warfen übers Haupt mit Müh die Schnur dem Ross.

Gebändigt führen sies zur nahen Stadt in Eil,
Es wär um vieles Gold ihr Fang nicht ihnen feil.

Es sei von hoher Art, ersahn sie an den Zeichen;
Jedweder wollte Teil am edlen Hengst erreichen.

Sie fürchteten, der Raub werd ihnen bald entführt,
Nicht lange bliebe solch ein Schatz unaufgespürt.

Da brachten sie geschwind ihn zu der Stuterei,
Daß seines Samens doch teilhaftig jeder sei.

Ich hörte, daß er dort auf zwanzig Stuten sprang,
Die alle seiner Wucht erlagen beim Empfang.

Und nur von einer ward getragen Leibesfrucht;
Zu Großem war bestimmt das Folen edler Zucht.

3.

Doch Rostem, wie er dort von seinem Schlaf erwachte,
Das erste war sein Ross, an das er wieder dachte.

Er blickt' umher, und sah sein Ross nichtmer im Hag;
Verlaufen hatt es ihm sich nie vor diesem Tag.

Laut rief er ihm; sonst kams auf leisen Ruf herbei;
Nun kam es nicht; da sprang er auf mit lautem Schrei.

Er suchte rings im Hag, er spähte durch die Flur,
Von seinem Rosse fand er hier und dort die Spur,

Es selber fand er nicht, und rief: O weh! verloren
Hab ich, derweil ich schlief, mein Ross gleich einem Toren.

Was soll ich ohne Ross mit dieser Rüstung thun?
Des Rittes lang gewohnt, geh ich zu Fuße nun?

Was werden Türken, wenn sie mir begegnen, sagen,
Daß ich den Sattel muß, statt mich der Sattel, tragen?

Verlaufen hat sichs nicht, das ist nicht seine Art;
Nun desto schlimmer, wenn es mir gestolen ward!
 Doch lang bleibt nicht der Rachs des Rostem unbekant;
Auffinden werd ich ihn, der mir den Rachs entwandt!
 Kam wol, derweil ich schlief, ein ganzes Türkenheer?
Denn einem einzgen ist der Rachs zu fangen schwer.
 Doch den Gedanken ist vergebens nachzuhangen;
Auf, rüste dich zum Gang, weil dir dein Ross entgangen!
 So sprach er unmutsvoll, und schwieg, und schaute
   stumm
Noch eine Weile sich nach seinem Rösslein um;
 Denn immer dacht er noch, es müßte wieder kommen:
Wer auf der Welt sollt ihm haben den Rachs genommen?
 Als aber doch der Rachs nicht wiederkommen wollte,
Macht' er sich endlich an den sauren Gang, und grollte.
 Mit Waffen und Geschirr belud er sich, und sprach
Noch viel mit sich, indem er gieng den Spuren nach.
 Die Spuren leiteten zur Stadt Semengan ihn,
Die dort im Abendstral zu ihm herüber schien.

4.

Er sprach: Das ist die Stadt, in der ein König sitzt,
Der es mit Turan jetzt und hält mit Iran itzt,
 Der wie die Wage schwank sich nach der Seite neigt,
Wo sich ein Perser hier und dort ein Türke zeigt.
Den Rostem kennen sie, wenn er zu Pferde steigt!
 Doch fehlt mir ja der Rachs, daß ich zu Pferde steige!
Ob ich zu Fuße denn mich in Semengan zeige?
 Ich geh in ihre Stadt zu Fuß mit meinen Waffen,
Und seh, ob meinen Rachs sie dort mir wieder schaffen!
 Ich sag es ihnen gleich, daß sie ihn schaffen sollen,

Und denke nicht, daß sie ihn vorenthalten wollen!

Ich werb um Gastherberg in dieser Stadt der Grenzen,
Und sehe, was beim Schmaus dem Rostem sie kredenzen!

So sprach er unterm Gehn, doch aus den Augen ließ
Er nie dabei die Spur, die sich am Boden wies;

Bis die in Schilf und Rohr am Fluße sich verlor;
Da ließ er sie, und gieng grad auf Semengans Tor.

Nun in Semengan ward dem König angesagt:
Held Rostem kommt, er hat im Türkenforst gejagt.

Zu Fuße geht einher die lichte Kronenzier,
Weil ihm entlaufen ist der Rachs im Jagdrevier.

Der König, wie er dieß vernam, war er geschürzt,
Daßnicht ein solcher Gast an Ehren sei verkürzt.

Da zogen aufs Gebot des Königs alle Degen,
Die Edlen all des Hofs, dem Edelsten entgegen.

Entgegen zog ihm, wer aufs Haupt nur einen Helm
Zu setzen hatt, und wer zurückblieb, war ein Schelm.

Sie reihten feierlich sich um den Heldenglanz,
Wie um der Sonne Haupt der Abendwolke Kranz.

So führten sie zur Stadt das Licht der Ehren ein,
Als eben über ihr erlosch des Tages Schein.

———

5.

Der König trat zu Fuß hervor aus dem Palast,
Der Hofstaat um ihn her, entgegen seinem Gast.

Er grüßt' und neigte sich: Woher durch Wald und Feld,
Und kein Begleiter ist mit dir, o Kampfesheld?

Hast du den Tag vollbracht mit Jagd im Jagdrevier,
Und suchest nun zur Nacht bei Freunden Nachtquartier?

Wir alle sind hier nur auf deinen Wunsch bedacht,
Und zu Befehle steht Semengan deiner Macht.

Die Leben stehen dir und Güter zu Befehle;
Die Edeln, Edelster, sind dein mit Leib und Seele.
    Was wünschest du? es soll geschehen, o Pehlewan!
Gebeut, was wir dir thun, und denk, es sei gethan!
    Held Rostem hörte gern die Rede sanft und zahm,
Wol merkt' er, ihnen sei die Hand zum Bösen lahm.
    Er sprach: Abhanden kam der Rachs mir auf der Flur,
Und hier bis an die Stadt geht seiner Tritte Spur.
    Wenn du mir diese Nacht ihn wieder schaffen kannst,
So wiße, daß du Dank von mir und Preis gewannst.
    Doch wenn ihr mir den Rachs nicht werdet wieder
            schaffen,
So sollen durch mein Schwert hier breite Wunden klaffen.
    Der König sprach erschreckt: Held ohne Furcht und
            Zagen,
Wer dürfte wol den Rachs dir zu entwenden wagen?
    Sei du mein Gast, laß dir den Ehrenbecher spenden
In Frieden, und nach Wunsch wird sich die Sache wenden.
    Von Rostems Rosse bleibt die Fährte nicht verborgen;
Wir schaffen dir den Rachs; gedulde dich bis morgen!
    Mit ungestümer Hast gelangt man nicht zum Fange;
Mit sanften Worten lockt man aus dem Loch die Schlange.
    Drum sänfte deinen Zorn, kehr ein, und laß beim Wein
Mit Herzen sorgenfrei die Nacht uns fröhlich sein!
    Wir bringen dir den Rachs, o tapfrer Kampfgesell,
Wir bringen ihn, bevor der Morgen tagt, zur Stell;
Uns sei die Hall indes vom Licht des Weines hell!

———

6.

Der Löwenmutige ward dieser Rede froh,
Davon aus seiner Brust so Groll als Unmut floh.

Es dünkt' ihm gut, daß er zum Königshause gienge,
Als wolgemuter Gast zu Fest und Schmause gienge.

Ihm gab den Ehrensitz der König im Palast,
Auf Füßen dienstbereit stand er vor seinem Gast.

Die Häupter aus der Stadt, die Häupter aus dem Heer,
Berief und pflanzt' er beim Gelag um Rostem her.

Den Köchen er befal, von allen guten Dingen
Gerichte zu der Wal des Helden herzubringen.

Da ward hereingebracht ein ausgesuchtes Mal,
Der Silberschüßeln Pracht und goldner Schaalen Zal;
Aus China war beim Fest chinesischer Pokal.

In diesem ward kredenzt Wein unter Lautentönen
Von rosenwangigen gasellenaugigen Schönen.

Sie mengten Saitenspiel und Wein mit Schmeichelei,
Damit nicht ungemut der Hochgemute sei.

Er hörte seine Lust, und schaute sein Vergnügen,
Und trank den frohen Mut dazu in langen Zügen.

Mit allen Sinnen so schöpft' er des Festes Wonne,
Ihm stralte sein Gesicht bei Nacht wie eine Sonne.

Und allen, welche da das helle Angesicht
Des Helden leuchten sahn, wards in der Seele licht.

Die Becher ließ er nicht die ungetrunknen säumen;
Und als er trunken war, dacht er den Sitz zu räumen.

Da war bereit für ihn, gewölbet kühl und luftig,
Ein Schlafgemach, von Musk und Rosenwaßer duftig.

Im kühlen Schlafgemach verschlief auf seidnen Decken
So Müdigkeit als Rausch Rostem, der Feinde Schrecken.

7.

Um Mitternacht, wenn sich des Poles Wagen drehn,
Ward leises Wort gesagt bei leiser Tritte Gehn.

Geräuschlos aufgetan ward Rostems Ruhgemach,
Mit Staunen ward der Held beim Glanz von Fackeln wach.
    Tehmina stand vor ihm, bestralt von Stein und Gold,
Die Königstochter von Semengan wunderhold.
    Ihr standen beiderseits mit Fackeln Dienerinnen;
Sie stralte hell vom Glanz der Fackeln und der Minnen.
    Der Reiz der Jugend war in den der Scham getaucht,
Der Wangen Lilien von Rosen überhaucht.
    Doch im Rubinenschloß des Mundes lag bewart
Geheimnis liebliches, für diese Nacht gespart.
    Er richtete sich auf, und staunte lang und tief,
Indem er Preis ob ihr und ihrem Schöpfer rief.
    Er fragte sie und sprach: Wie, Holde, nennst du dich?
Und was in finstrer Nacht zu suchen kommst du, sprich!
    Zur Antwort gab sie ihm: Tehmina ist mein Name,
Gespalten ist mein Herz von einem tiefen Grame.
    Ich bin des Schahes von Semengan einzig Kind,
Von Kindheit auf, im Lauf, der Neid von Hirsch und Hind;
Sie holen mich nicht ein, mich holt nicht ein der Wind.
    Allein die Sehnsucht kam mich heimlich einzuholen,
Die führt mit diesem Gram mich her zu dir verstolen.
    Wie eine Wundersag hab ich aus jedem Munde
Gehört zu jeder Stund, an jedem Ort die Kunde,
    Wie du so tapfer bist, und trägest keine Scheu
Vor Tiger, Elefant und Krokodil und Leu.
    Du schirmest ganz allein Iran mit deiner Kraft,
Und Turan zittert, wenn sich rührt dein Lanzenschaft.
    Du reitest ganz allein bei Nacht in Turan ein,
Und streifest dort umher, und schläfest dort allein.
    Dergleichen Kunde ward mir vom Gerücht vertraut;
Lang wünscht ich dich zu sehn, heut hab ich dich geschaut.
    Wenn du zu Weibe mich begehrst, bin ich dein Weib;
Nie Mond- noch Sonnestral berührte diesen Leib.
    Vom Schleier meiner Zucht erwuchs ich tief umfangen;
Den Zügel der Vernunft entzog mir dieß Verlangen:

Ich bitte Gott, von dir zu tragen einen Sproß,
Der einst, an Kraft dir gleich, beherrsche dieses Schloß.
　　Zur Mitgift will ich jetzt, o Held, dieß Schloß dir bringen,
Zur Morgengab alsdann, Rostem, dein Ross dir bringen!

8.

So endet' ihren Gruß das Mondglanzangesicht;
Der Löwenkühne hört' aufmerksam den Bericht.
　　Wie sie der Held so schön, so perlgleich sie sah,
An Sinn so hoch und an Verstand so reich sie sah,
　　Und daß sie noch dazu vom Rachs ihm gab die Kunde;
Von lauter Frölichkeit sah er erfüllt die Stunde.
　　Er rief die wandelnde Zipress' an sich heran;
Hold tauschte Blick und Wort mit ihr der Pehlewan.
　　Er rief ins Vorgemach, daß einen der Mobeden
Sie brächten ihm herbei, der wüßte wol zu reden.
　　Den sendet' er alsbald, den Weisen tugendvoll,
Daß er die Tochter ihm vom Vater fordern soll.
　　Der Wolverständige, dahin zum Schahe schritt er,
Und that die Werbung kund von Irans edlem Ritter.
　　Der Schah ward freudenvoll, da dieser Gruß erscholl;
Er fühlte, wie sein Herz von hohem Mute schwoll.
　　Er richtete sich stolz, der Zeder gleich, empor;
Das Band mit Rostem kam ihm wert und theuer vor.
　　Dem Ritter in der Nacht gab er der Tochter Hand;
Und wie die Kund erscholl, war Freud in Stadt und Land.
　　Von Freuden war erwacht ein Aufruhr in der Nacht,
Zu Rostem sei als Braut des Königs Kind gebracht.
　　Da war der Jubel laut die ganze Nacht ums Schloß,
Wo seine holde Braut der starke Held umschloß.
　　Still tauschte drin das Paar die Lust der Seelen aus,

Und draußen ließ die Schaar die Kraft der Kehlen aus:
"Daß dieser neue Mond lang dein Behagen sei!
Daß deiner Feinde Haupt ewig geschlagen sei!
Aus diesem Bunde müß ein Heldensproß entspringen,
Der mög an Tapferkeit mit seinem Vater ringen!"
Sie meinten ihr Gebet zum Segen und zum Heil,
Der Himmel aber nam es an zum Gegenteil.

9.

Nach kurzer Freudennacht als an der Morgen brach,
Wand aus Tehminas Arm sich Rostem los, und sprach,
Indem vom Arm er nam ein goldenes Gespang,
Von dem erschollen war der Ruhm die Welt entlang;
Sie glaubten, daß daran sei Rostems Heil gebunden,
Und unverletzlich sei, wen dieses Band umwunden:
Das gab er ihr und sprach: Liebtraute! dieß bewar!
Wenn eine Tochter dir nun bringen wird das Jahr,
So nimm dieß Goldgespang, und schling es ihr ins Haar!
Als welterleuchtenden Glückstern soll sie es tragen,
Der ihr soll und der Welt von ihrem Vater sagen.
Wenn aber einen Sohn dir die Gestirne reichen,
So bind ihm um den Arm, wie ich es trug, das Zeichen.
Des Vaters Zeichen sei an seinem Arm bewart,
Und wachsen wird er selbst nach seines Vaters Art.
Gleich seiner Ahnen Stamm wird der aus Heldensamen
Erzeugte sein, es bleibt nicht ungenant sein Namen.
Ist er erwachsen, send ihn mir nach Iran zu!
Nun aber naht der Tag, ich geh, wol lebe du!
Zum Abschied faßt' er sie an seine starke Brust,
Auf Aug und Haupt gab er ihr manchen Kuss voll Lust.
Mit Weinen wandte sich von ihm die zarte Braut;

Lust mit langem Weh vertraut.

Sie ward ...am der König hochgemut,

Zu R ...er da, wie er die Nacht geruht?

Den F ...Kunde dann vom Rachs, er sei gefunden;

Ih ...orgen war das Heldenherz entbunden,

Un ...g, und streichelt' ihn und sattelt' ihn sogleich,

...von Semengan ritt er froh und freudenreich.

...en Sistan auf dem Rachs als wie ein Wind er flog,

...ndem er die Geschicht in seinem Sinn erwog.

Von Sistan ritt er heim nach Sabulistan gar,

Und keinem sagt' er dort, was ihm begegnet war.

———◦———

Zweites Buch.

10.

Neun Monde waren schon Tehminen hingegangen,
Als sie gebar den Sohn wie eines Mondes Prangen.
  Die Mutter sah ihn an mit Lust und schmerzenreich,
Er war in jedem Zug wol seinem Vater gleich.
  Sie nannte Suhrab ihn, und nam ihn an die Brust;
Das Kind war auf der Welt nun ihre einzge Lust.
  So zärtlich pflegte sein die Mutter, die ihn nährte,
Daß keines Dinges er zu keiner Stund entbehrte.
  Der Knabe weinte nie; er hatte neugeboren
Gelächelt schon, als sei er nicht zum Weh geboren.
  Er wuchs so wunderbar: als er ein Monat war,
Da war er anzusehn, alsob er wär ein Jahr.
  Drei Jahr alt, ließ er schon zur Rennbahn sich gelüsten,
Im fünften sah man ihn zum Löwenkampf sich rüsten.
  Wie er zehn Jahr alt war, da war im ganzen Land
Nun kein gestandner Mann, der ihm zum Kampfe stand.
  Von Leib ein Elefant, von Wangen Milch und Blut,
Rasch wie ein Hirsch gewandt, im Auge dunkle Glut,
Von Wuchse schlank, die Brust gewölbt von hohem Mut.
  Zwei Arme schwang er um sich her den Keulen gleich,
Und unten standen fest zwei Füße Seulen gleich.
  Wo er im Ringspiel rang, wo er den Schlägel schlug,
War keiner der davon den Ball des Sieges trug.
  Er gieng zur Löwenjagd, da ward der Löw ein Fuchs;
Die Zeder rüttelt' er, sie bog sich wie ein Buchs.

15

Windfüßigem Renner rannt er sturmgeflügelt nach,
Beim Schweif ergriff er ihn, der Renner stand gemach.
    Es war alsob zum Kampf die Welt er fordern wollte,
Alsob er selbst bestehn den eignen Vater sollte.

———

11.

Zu seiner Mutter kam der Knabe, sie zu fragen:
Verwegen sprach er da: Mutter, du sollst mir sagen!
    Denn unter meinen Spielgenoßen rag ich hoch
Hervor, mein Haupt empor zum Himmel trag ich hoch.
    Wes Samens, welches Stamms ich bin, will ich erkennen;
Wenn nach dem Vater man mich fragt, wen soll ich nennen?
    Wirst du mir Antwort nicht auf diese Frage geben,
Am Leben bleib ich nicht, und du bleibst nicht am Leben!
    Die Mutter, da sie dieß vom jungen Pehlewan
Vernommen, sah zugleich mit Stolz und Furcht ihn an:
Er war entwachsen ihr, und nicht mehr untertan.
    Sie faßte sich und sprach begütigend: Vernimm
Ein Wort, des freue dich, und laße deinen Grimm!
    Du bist des Rostem Kind, des Perserpehlewanen,
Und seine Ahnen sind in Iran deine Ahnen.
    Drum übern Himmel trägst du hoch dein Haupt hinaus,
Weil du entsproßen bist aus solchem Heldenhaus.
    Denn was an Heldentum nun in der Welt erscheint,
Das ist in Rostems Stamm, in Rostem selbst vereint.
    Sieh dieses Goldgespang, nimm hin und halt es fein!
Zum Abschied gab mir das für dich dein Väterlein.
    Erfährt er, daß sein Sohn erwuchs zum tugendreichen,
Nach Iran ruft er dich, und kennt dich an dem Zeichen;
Dann bricht mein Herz vor Leid, wann ich dich seh
            entweichen!

O Sohn! Afrasiab, der Schah von Turan, soll
Nicht wißen dein Geschlecht; das brächt uns seinen Groll.
    Denn Niemand auf der Welt ist ihm wie Rostem feind,
Rostem, um welchen Blut in Turan wird geweint.
    Witwen in Turan macht sein Schwert in jeder Schlacht;
Und ohne Schwertstreich hat er mich dazu gemacht.
    Drum vor Afrasiab beware dieß im Stillen!
Den Sohn verderben möcht er um des Vaters willen.
    Den Vater hab ich schon verloren, liebes Kind,
Verlör ich auch den Sohn, so wär ich sänfter blind.
Sei stolz, doch sag es nicht, wer deine Ahnen sind!

12.

Doch Suhrab sprach: Wer birgt die Sonn im Weltenring?
Unmöglich wird geheim gehalten solches Ding.
    Von einer Heldenabkunft, Mutter, dieser gleich,
Zu schweigen, wäre dir und mir nicht ehrenreich.
    Was, Mutter, hast du selbst gehalten lange Zeit
Geheim die Abkunft mir von solcher Herrlichkeit?
    Denn alle Kämpen jetzt, die jungen und die alten,
Nur Rostem ists von dem sie Kampfgespräche halten.
    Von allen Namen ward zuerst mir seiner kund,
Ich hörte seinen Ruhm aus seiner Feinde Mund.
    Wer jenen Riesen schlug? dieß Zauberschloß zerstörte?
Nur Rostem, was ich frug, Rostem war, was ich hörte,
    Stets mit Bewunderung, und oft mit Neide gar,
Mit Aerger! wußt ich denn, daß er mein Vater war?
    Nun aus Semengan hier, und dort aus Turans Marken,
Versamml' ich all ein Heer der Mutigen und Starken.
    Nach Iran will ich ziehn und von dem dunkeln Staube
Der Schlacht dem lichten Mond aufsetzen eine Haube.

Aufrütteln von dem Thron will ich den Keikawus,
Und schlagen aus dem Feld den alten Feldherrn Tus.
   Wenn Rostem will, geb ich ihm Thron und Kron und
      Schatz,
Und laß ihn sitzen auf Keikawus' Fürstenplatz.
   Von Iran zieh ich dann nach Turan kampfbereit,
Und fordere den Schah Afrasiab zum Streit.
   Vom Throne stürz ich ihn alswie ein Blitz herab;
Die Sonne lang' ich mit der Lanzenspitz herab.
   O Mutter, aber dich, du höre meinen Schwur an,
Mach ich zur Königin von Iran und von Turan.
   Denn da, wo Rostem ist der Vater, ich der Sohn,
O Mutter, bleibt kein Fürst der Welt auf seinem Thron.
   Wo Mond und Sonne selbst im Glanzvereine stralen,
Was wollen Sterne da mit ihrem Schimmer pralen!
   So rief er, und erstaunt ließ er die Mutter dort;
Mit höherm Haupt, als er gekommen, gieng er fort.
Von seinem Vater sagt' er keinem doch ein Wort,
   Im Herzen macht' er ganz den Vater sich zu eigen,
Doch wenn den Mund er aufthun wollte, mußt er
      schweigen.
   Ihm wars alsob er erst zu Rosse steigen sollte,
Wenn er als Rostems Sohn der Welt sich zeigen wollte.

13.

   Zu seiner Mutter sprach Suhrab, der junge Held:
Den Vater nun zu schaun, Mutter, zieh ich ins Feld.
   Dazu brauch ich ein Ross, mit meinem Mut
      schritthaltend,
Ein Ross mit einem Huf von Eisen kieselspaltend:
   Von Stärk ein Elefant, und vogelgleich an Schwung,

Im Waßer wie ein Fisch, und wie ein Reh im Sprung,
  Ein Ross, das meine Wucht und meine Waffen trage,
Und nicht von meiner Faust erlieg an einem Schlage.
  Denn nicht zu Fuße ziemt zum Kampfe mir zu gehn;
Vom hohen Ross will ich dem Feind ins Antlitz sehn.
  Da so die Mutter hört' ihr junges Heldenblut,
Zum Himmel hob sie stolz ihr Haupt in hohem Mut.
  Sogleich befolen ward von ihr dem Hirtenvolke,
Zu bringen aus der Trift von Pferden eine Wolke,
  Damit dem Suhrab käm ein Rösslein fein zur Hand,
Auf dem er säße, wann er ritt in Feindesland.
  Und alles was sich fand von Pferden alzumal,
Was aufzutreiben war da zwischen Berg und Thal,
  Das trieben sie zur Stadt, und Suhrab nam, der Leu,
Die Fangschnur nun, und trat zum nächsten ohne Scheu.
  Welch Ross vor allen stark er sah von Bug und Backen,
Des Riemens Schlinge warf er gleich ihm übern Nacken.
  Er zog es her und legt' ihm auf den Rücken auch
Die Hand, da lags gestreckt am Boden auf dem Bauch.
  Es konte nicht den Druck der flachen Hand ertragen,
Er braucht' es mit der Faust zu Boden nicht zu schlagen.
  Schon war durch seine Hand manch schmuckes Ross
            geknickt,
Und keines kam ihm noch zur Hand, für ihn geschickt.
  Es schien, es war kein Ross für seine Kraft gerecht,
Und traurig ward der Sproß vom Pehlewangeschlecht.

———

14.

Da stellte sich zuletzt ein alter Recke dar,
Und sprach: Ich hab ein Ross, wie keines ist, noch war.
  Im Gange wie ein Pfeil, im Laufe wie ein Wind;

Es ist von Rostems Hengst, vom Rachs, ein einzig Kind.

Kein Ross von gleicher Kraft ist auf der Welt zu sehn;
Ein Blitz im Rennen ists, und ein Gebirg im Stehn.

Die Hitze noch der Frost macht ihm nicht kalt noch heiß,
Mit Nüstern voller Dampf, und Poren ohne Schweiß.

Ein Wolkenschatten schwebt es über Thal und Hügel,
Und segelt durch die Luft, ein Vogel ohne Flügel.

Der Pfau zieht ein vor Scham des Rads gespannten Reif,
Wenn es die Mähnen hebt, und hoch trägt seinen Schweif.

Am Berge klimmend, ist es einem Löwen gleich;
Im Waßer schwimmend, ist es einer Möwen gleich.

Sein Reiter, wenn im Ritt er schnellt den Pfeil vom Bogen,
Kommt schneller als der Pfeil dem Feinde nachgeflogen.

So flüchtig ists zur Flucht: auch der von seinen Solen
Erregte Staub versucht umsonst es einzuholen.

Bei allen Tugenden, die diesem Rösslein eigen,
Hats einen Fehler nur: es läßt sich schwer besteigen.

Doch wers bestiegen hat, den wirds zum Siege tragen,
Der mag darauf den Kampf mit Rostem selber wagen.

Froh wurde Rostems Sohn von dieses Wortes Klange,
Er lacht' und rosengleich erblühte seine Wange.

Laut rief er: Ei so bringt mir gleich das schmucke Ross!
Sie brachtens ungesäumt zum jungen Heldensproß.

Er machte gleich an ihm mit seiner Hand die Probe,
Das Thier war stark genug, und es bestand die Probe.

Da schmeichel-streichelt' ers, und sattelt' es geschwind,
Aufs starke Ross schwang sich das starke Heldenkind.

Im Sattel saß er fest alswie ein Bild von Erz,
Und hielt mit leichter Hand die Zügel wie zum Scherz.

Er tummelte das Ross, daß es begann zu schäumen,
Zu schnauben mit Gebraus, doch durft es ihm nicht
    bäumen.

Da sprach vom Ross Suhrab, indem ers anhielt leise:
So hab ich nun ein Ross gewonnen zu der Reise.

Nun acht ich mein die Welt, da ich das Ross gewann,

Auf dem ich Rostem selbst mit Ruhm bestehen kann.

———

15.

Er sprachs, und stieg vom Ross, und gieng ins Haus
      zurück:
Da rüstet' er zum Krieg mit Iran Stück um Stück.
    Wies kund im Lande ward, daß er kriegslustig sei,
Strömten von da und dort Kriegslustige herbei
    Wie eine Sonne war er ihrem Wunsch erschienen;
Sie alle wollten Ruhm und wollten Gold verdienen.
    Die Waffen hatten lang in diesem Land geruht,
Und aus der Asche brach nun die verhaltne Glut.
    Suhrab, gerüstet, trat zu seiner Mutter Vater,
Um Urlaub und Geleit und Reisebeistand bat er.
    Großvater! sprach er: jetzt sollst du mir Spielzeug
      schaffen;
Die Leute hab ich schon, gib mir dazu die Waffen!
    Denn ohne Waffen ist ein Heerzug mangelhaft;
Ein Rösslein hat mir schon die Mutter angeschafft.
    Doch alles, was mir folgt, soll auch auf Rossen reiten;
Kamele sollen dann mit Zehrung uns begleiten.
Denn schmausen wollen wir, so oft als wir nicht streiten.
    Tu deinen Marstall auf, das Vorratshaus mit Kost,
Das Zeughaus auch, worin die Waffen frißt der Rost!
    Dem alten König klang anmutig diese Post,
Mit Lachen sah er an den jungen Augentrost;
Durchwärmet war sein Frost von diesem feurigen Most.
    Er sprach bei sich: was ists mit dieser Waffenfart?
Ist dieß den Vater aufzusuchen eine Art?
    Doch sei es wie es sei! es ist das Heldenfeuer
Rostems in seinem Blut, und fordert Abenteuer.

21

Da stellt' er, was er hatt', ihm alles zu Befele,
Vorrät in Land und Stadt, die Ross' und die Kamele,
  Futter für Ross und Mann, die Gerste samt dem Weizen;
Mit Silber auch und Gold wollt er dazu nicht geizen.
  Und als er tat darauf das alte Zeughaus auf,
Da stand ein Waffenhauf wolfeil der Lust zu Kauf:
  Schwerter und Wehrgehäng, Leibröcke, Helm und Panzer,
Für Schützen Bogen auch, und Spieß und Sper für Lanzer.
  Suhrab, wie ers empfieng, so teilt' er Wehr und Sold,
Es stob ihm von der Hand das Eisen und das Gold.
  Er sprach: da nemet hin! soviel vermag ich heute;
Und wenn ihr mehr begehrt, so helft daß ichs erbeute!
  Eroberten wir erst des Persers Königreich,
So mach ich jeden Mann wie einen König reich.

―――

16.

Dem Schah Afrasiab in Turan ward gesagt,
Daß seinen Flug vom Nest ein junger Adler wagt,
  Der altershalben zwar nichts weniger als flück,
Doch seinem guten Mut vertraut und gutem Glück.
  Ihn hat die Friedensruh, die Turan schläft, verdroßen,
Er rüstet sich zu Kampf, und sammelt Schwertgenoßen.
  Von allen Orten strömt ein Heer zu ihm herbei,
Darob hebt er sein Haupt wie eine Zeder frei.
  Es sproßt der erste Flaum auf seiner Wange kaum,
Und schon ist seinem Traum zu eng der Welten Raum;
In alle Himmel hoch wächst seiner Hoffnung Baum.
  Aus seinem Odem weht ein süßer Milchgeruch,
Doch eitel Schwert und Dolch ist seiner Lippen Spruch.
  Mit seinem Dolch will er die Brust der Erde ritzen,
Und an die Abendwolk ihr rotes Herzblut spritzen;

Keikawus soll vom Thron, dort will er selber sitzen!
 Den Beutelustigen, die ihm mit leeren Händen
Und vollem Mute nahn, hat er viel Gut zu spenden,
Und mehr Verheißungen, die denkt er zu vollenden!
 Sie drängen sich um ihn wie Stralen um die Achse
Der Sonn, alsob ein Heer ihm aus dem Boden wachse;
Als sei er Rostems Kind, und reit ein Kind vom Rachse!
 In Wahrheit, wer ihn sieht, der glaubt wol dem Gerüchte,
Weil von den Stamme weit nicht fallen dessen Früchte;
Er scheint, mit solcher Zucht, von Rostem ein Gezüchte.
 Wenigstens mutterhalb ist Suhrab edel schon,
Des alten Königs von Semengan Tochtersohn!
 So ward dem Türkenschah geredet und geraunt
Von Suhrab, und er war darüber nicht erstaunt.
 Er lachte still, es war vom Anbeginn ihm kund
Tehminas und Rostems geheimer Liebesbund.

17.

Afrasiab, der Schah, nachdem er den Bericht
Erwogen, lachte noch, und er misfiel ihm nicht.
 Der Häupter seines Heers, des nun lang ausgeruhten,
Berief er einen gleich, Barman, den hochgemuten.
 Zwölftausend Recken, frisch von Kraft und scharf von
        Schneide,
Las er dazu, und gab sie ihm mit dem Bescheide:
 Bewährter Baruman, auf! nach Semengan lenke
Den Schritt mit diesem Heer, mit Brief und mit Geschenke.
 Ermutige mir dort des Mutes jungen Keim!
Doch die Geschichte bleibt still zwischen uns geheim.
 Sag ihm, Afrasiab send ihm Hilfsmannschaft zu,
Damit nach Iran er kampflustig zieh im Nu.

Dort aber darf den Sohn der Vater nicht erkennen,
Und Niemand soll dem Sohn des Vaters Namen nennen.
    Was weiß ich, ob ein Sohn des Rostem Suhrab sei?
Ich frage nicht darnach; mir feind sind alle zwei.
    Wenn so den einen Feind wir auf den andern hetzen,
Können sie doch gegen uns sich nicht zur Wehre setzen.
    Und wenn die beiden dort einander setzen zu,
So sehen wir dem Spiel hier mit Ergetzen zu.
    Villeicht gelingt es uns: der grimme Kampfleu alt
Erliegt im Kampfe vor des jungen Leun Gewalt.
    Wenn Rostem gegen uns nicht ferner Iran hält,
Im Spiele jagen wir den Kawus aus der Welt.
    Dann aber wollen wir den Suhrab auch beschicken,
Mit Schlummer eines Nachts sein Auge so bestricken,
Daß ihm die Lust vergeht, nach Kronen aufzublicken!
    Denn mir ist wolbekannt, daß dieser tolle Knab
Erst an Keikawus will, dann an Afrasiab.
    Doch wenn dem greisen Wolf erliegt das zarte Lamm –
Wenn Suhrab wirklich ist ein Reis von Rostems Stamm –
So wird der zähe Stamm von diesem Gram sich biegen,
    Und in des Kummers Schlamm der stolze Brunn
            versiegen.
Doch ließe mich mein Glück auch soviel nicht erwerben
    Daß ich sie alle zwei säh aneinander sterben;
So hoff ich, daß uns Gott von einem mindstens helfe,
    Es sei vom alten Wolf, es sei vom jungen Welfe.

18.

Afrasiab an Suhrab einen Brief,
Gottes Heil ob ihm zum Eingang rief:
Glück geleite dich, beherzter Heldenknabe,
Kühnen Werk, das ich mit Lust vernommen habe.
Dir send ich fürstliche Geschenke meiner Gnaden,
Ross' und Kamele mit Kleinodien beladen;
Türkis' aus Turkistan, aus Badachschan Rubinen,
Smaragdne Sträuße drei mit Perlentau auf ihnen.
Ich habe dir erwählt zwei Kronen edelsteinern,
Und ihnen beigezählt zwei Thronen elfenbeinern.
Froh mögest du zu Thron auf Elfenbeine sitzen,
Und über dir die Kron aus Edelsteine blitzen!
Wirst du erst Irans Kron im Streit gewonnen haben,
Dann wird Ruh auf dem Thron die Zeit gewonnen haben.
Denn ewig ist entzweit, wie Tag und Nacht im Streit,
Iran und Turan; du sollst stiften Einigkeit.
Von dieser Mark ist weit zu jener nicht der Weg;
Semengan, Turan und Iran ist Ein Geheg.
Deswegen ist gestellt Semengan auf der Scheide
Von Iran und Turan, um zu beherrschen beide.
Nun send ich Truppen dir, soviel ich nötig glaube;
Kühn setze dich aufs Ross, und auf dein Haupt die Haube!
Von meinen Feldherrn send ich dir den Baruman,
So tapfer als getreu; der sei dir untertan!
Er sei dir untertan mit allen, die er führt;
Von ihnen sei die Welt dem Feinde zugeschnürt!
Zeuch aus zu Kampf und Sieg! dich soll im Laufe stören
Kein Graben und kein Wall, und keine List betören!
Bald laße das Gerücht uns deine Taten hören!
Von meinen Söhnen all soll keiner meinem Thron
So nah stehn als Suhrab, den ich begrüß als Sohn.
Er schriebs und siegelte, und gabs dem Baruman;
Der trat nicht leichten Muts die schwere Sendung an.
In diesem Kriege war kein Ruhm ihm zu erwerben,

Als einen Helden durch den andern zu verderben.

━━━━

19.

Da hörte vom Gerücht Suhrab, daß Baruman
Vom Schah Afrasiab mit Truppen zieh heran,
Mit Ross und mit Kamel und großem Heergedränge,
Ehrengeschenk und Brief und festlichem Gepränge.
Der junge Mann, wie er die Kund erfur, schnell tat er
Den Gürtel um, und zog mit seiner Mutter Vater.
Entgegen zum Empfang zog er schnell wie ein Wind;
Wie soviel Volks er sah, froh staunete das Kind.
Mehr staunte Baruman, als er die stolzen Glieder,
Die edle Bildung sah, das Staunen schlug ihn nieder.
Im Staunen war gemischt Furcht und Bewunderung,
Und Mitleid, wie er sah den Helden schön und jung.
Der greise Feldherr sprach bei sich: Auf Ruhmespfaden
Gehn sollte solch ein Schmuck der Jugend ohne Schaden.
Verdienen möcht er wol, ihm wäre, statt Verrat,
Zum ungestümen Mut beschieden weiser Rat.
Wenn ihn der Doppelrausch der Jugend und des Ruhms
Zu Falle bringt, o weh dem Stolz des Rittertums!
Zu Suhrab sprach er drauf: O edler junger Leue,
Den Brief schickt dir der Schah, daß er dein Herz erfreue.
Lies mit Bedacht den Brief des Schahs von Turanland,
Und was du dann befilst, das steht in deiner Hand.
Die Ehrengaben nimm, die dir gesendet sind;
Ich selbst steh und dieß Heer dir zu Gebot, o Kind!
Suhrab, der junge Mann, nachdem er las den Brief,
Das erste war, daß er sein Heer zum Aufbruch rief;
Das Heer der Seinigen; dem Barman, seinem Gast
Und dessen Leuten gab er auf drei Tage Rast.

„Der Mutter Vater soll bewirten euch mit Schmause,
Die Mutter selbst dazu; ich geh nicht mehr nach Hause.
  Es leidet länger nicht mich in der Mutter Haus;
Lebt wol, und kommt uns nach! wir reiten euch voraus."
  Die Pauke ward gerührt, zusammen strömten Krieger,
Und sprangen mit Geklirr, auf Rosse rasch wie Tieger.
  Die Rosse wieherten, es schmetterten Trommeten,
Die Fahnen flatterten, die Fart ward angetreten.
  Aus Turan brach der Sturm hervor auf Irans Flur;
Zerstörung, Flucht und Raub bezeichnete die Spur,
Und wüste ward gelegt das Land, soweit er fur.

Drittes Buch.

20.

Da war ein Schloß, das hieß das Weiße Schloß im Land,
Darauf die Zuversicht des Reiches Iran stand,
   Daß es verteidigen den Pass der Grenze sollte,
Wenn da hervor ein Feind aus Turan brechen wollte.
   Drum waren auf dieß Schloß gesetzt, zu Schirm und
      Halter,
Statt eines Wärtels zwei, ein junger und ein alter;
   Der alte, daß er es behütete mit Rat,
Der junge, daß er es verteidigte mit Tat.
   Hedschir, der junge Vogt, ließ, weil die Waffen schwiegen,
Vom Kinde Gesdehems, des alten, sich besiegen.
   Die hieß Gurdaferid, das heißt „ein Held geschaffen",
Weil sie, die zarte Maid, war wie ein Held in Waffen.
   Hedschir mit Rennen und mit Schießen nach dem Ziele
Versuchte daß er ihr durch Männlichkeit gefiele;
   Vergebens! weil ihm selbst in diesen Künsten sie
Zuvor es tat, kam er mit ihr zum Ziele nie.
   Er wünschte, daß einmal ein Feind vorm Schloß
      erschiene,
Daß ihren Beifall er im ernstern Kampf verdiene.
   Und als er eines Tags ein Heer von Türken sah
Anrücken, glaubt' er sich zwiefachem Siege nah,
   Dem einen, den er wollt erringen im Gefild,
Dem andern in der Burg am schönen Frauenbild.
   Da wappnete sich schnell der mutige Hedschir,

Und stieg aufs Ross, gespornt von Lieb und Kampfbegier.
Des Tores Hüter ließ er weit auftun das Tor
Der alten Burg, und ritt zum Einzelkampf hervor.
Er ritt den Berg hinab, dem Feind entgegen jach,
Und von der Mauer sah Gurdaferid ihm nach.

21.

Mit scharfem Ritte kam der kühne Reck herbei,
Und tat ans Türkenheer von weitem einen Schrei:
Von wannen sind geschaart die Ritter und die Knechte?
Wer unter ihnen ist der Tapferst im Gefechte?
Ich habe lange schon auf eure Gegenwart,
Alswie ein Bräutigam auf seine Braut, geharrt.
Wer wagt es, gegen mich mit eingelegter Lanzen
Zu rennen, daß wir hier den Hochzeitreigen tanzen?
Desselben Haupt will ich dort auf die Zinne pflanzen!
Er hatte seinen Ruf gerufen laut genug,
Doch keiner war im Heer, der Lust zur Antwort trug.
Zu heben wagte sich nicht eines Türken Hand,
Die erste Waffentat zu thun im Perserland.
Doch Suhrab, als er all die Tapfern schweigen sah,
Ergrimmt' er, und das Schwert zog er für alle da.
Alswie ein Tieger bricht am Strom aus Schilf und Rohr,
So drang er aus dem Chor der Seinigen hervor.
Laut rief er zu dem kampfgerüsteten Hedschir:
Was treibt allein dich her mit solcher Kampfbegier?
Du meinst wol, daß wir uns vor starken Worten scheuen?
Du kamest nicht zur Jagd des Fuchses, sondern Leuen.
Aus Turan brach ich auf, ganz Iran will ich zwingen,
Und auf dein Haupt soll mir der erste Streich gelingen.
Suhrab, den Namen gab mir meine Mutter bei,

Und Rostem sagte sie, daß er mein Vater sei.
    Den Vater eben aufzusuchen zog ich aus;
Und wessen Sohn ich sei, zeig ich in Kampf und Strauß.
    Doch sag auch deinem Stamm, den Namen, und die
        Deinen!
Denn heut muß über dich Braut oder Mutter weinen.

───

22.

Zur Antwort gab Hedschir: Verwegner, schweige still!
Kein Türk ists den ich zum Vertrauten haben will.
    Der Heldenfänger ich, der Ritter ohne Scheu,
Ich bin der Schütze, dem zum Fuchse wird der Leu.
    Hedschir im Kampfrevier der Helden Zier geheißen
Bin ich, gleich will ich dir dein Haupt vom Rumpfe reißen.
    Zwei Geier kreischen dort sich in den Lüften heischer,
Es wittern ihren Raub die ungestümen Kreischer;
    Den beiden wirst du nun zum Gastmahl aufgetischt,
Daß ihre Heischerkeit dein junges Blut erfrischt.
    Dann fliegen sie nach Nord und Süd, und für das Futter
Dankt deinem Vater der, und jener deiner Mutter.
    Die Mutter weint gewis ums Kindlein, ihr entrißen,
Der Vater aber wird villeicht von dir nicht wißen.
    Doch jauchzen über mich, nicht weinen soll die Braut,
Die schöne, die auf uns dort von der Mauer schaut!
    So rief er aus, und sah zur Jungfrau an der Zinne;
Zu lächeln schien sie ihm, so täuschten ihn die Sinne:
Ihn blendete der Glanz der Sonn und Kraft der Minne.
    Auf einen Augenblick hatt' er des Kampfs vergeßen,
Und nach der Zinne sah sein Gegner auch indessen.
    Da sah er einen Stral, wie er noch nie geschaut,
Und doppelt zürnt' er nun dem, der sie nannte Braut.

31

Er sprach: die Perser sind vor mir wie Spreu im Wind,
Doch lieblich anzusehn ist solch ein Perserkind.

Wol ists der Mühe werth, zu stürmen solche Zinnen,
Wenn solche Schätze sind darinnen zu gewinnen.

Doch wenn ich dächte, daß sie diesem zugelacht,
Ich hätte zweimal ihn, nicht einmal, umgebracht!

So in Gedanken war Suhrab mit ihr beschäftigt,
Hedschir durch einen Blick auf sie war neu gekräftigt.

———

23.

Doch von der Zinn hinweg und von der Jungfrau warf
Den Blick nun der und der auf seinen Gegner scharf.

Im Sattel jeder sich gleich einem Feuer schwang,
Und setzte seinen Hengst wie einen Berg in Gang.

So schnell da Schaft mit Schaft sich durcheinander flocht,
Daß man den einen nicht vom andern kennen mocht.

Nach Suhrabs Mitte stieß Hedschir den blanken Schaft;
Am festen Gurte fand die Spitze keinen Haft.

Doch Suhrab bog zurück den eignen Sper behende,
Und an den Gegenmann legt' er das untre Ende.

Recht zwischen Mann und Gaul schob er den Hebebaum,
Und aus dem Sattel flog Hedschir und merkt' es kaum.

Zur Erde warf er ihn alswie ein Felsenstück;
Da lag er, und es blieb kein Sinn an ihm zurück.

Vergangen war die Welt vor seinem Augenlid,
Der Himmel und das Feld, die Burg und Gurdafrid.

Vom Pferde Suhrab sprang und saß ihm auf die Brust;
Er hatte nun den Kopf ihm abzuschneiden Lust.

Da drehte sich Hedschir, und stützt' auf einen Arm
Sich schwach, den andern streckt' er vor, und rief: Erbarm!

Laß gnug sein an der Schmach, daß so mein Stolz

zerbrach,
Und mich im Angesicht der Burg dein Sper abstach!
  Wie wird die Stolze sich an meinem Sturze weiden!
Das tötet mich; du brauchst dieß Haupt nicht
        abzuschneiden.
  Nun ist sie frei von mir; du nim mich hier gefangen!
Du kanst im fremden Land Kundschaft durch mich
        erlangen.
  Wer, da ich dir erlag, wird dir noch widerstehn?
Laß mich gefangen mit zu deinen Siegen gehn!

———

24.

Er schwieg, und harrte stumm auf Tod nun oder Leben;
Und sich entschloß der Held ihm nicht den Tod zu geben.
  Er dachte: Wenn ich ihn gefangen mit mir führe,
Lock ich manch andren Fang villeicht in meine Schnüre.
  Er kann einmal im Feld mir meinen Vater zeigen,
Auch hier die Stelle wol, die Mauer zu ersteigen.
  Wenn er die Burg mir will, und was darin ist, geben,
Als schlechten Preis dafür laß ich ihm gern das Leben.
  So sprach er und begann zu binden ihn mit Stricken,
Und den gefeßelten dem Lager zuzuschicken.
  Im Lager kam er an zugleich mit Baruman,
Der in Semengan kurz die Rast hatt' abgethan.
  Er war in Eile dem ihm von Afrasiab
Zur Hut empfolnen nachgeeilt mit Heerestrab;
  Und war nur eben recht gekommen um zu sehn
Die Frucht des ersten Kampfs, der durch Suhrab geschehn.
  Wie er gefeßelt sah die stolzen Heldenglieder,
Die jener schlug in Band, schlug er die Augen nieder.
  Er staunt' und freute sich, und fühlte Scham und Reu,

Daß er nicht gegen ihn sein durft aufrichtig treu.
    Im Lager aber war von Türken alt und jung
In jedem Munde laut Suhrabs Bewunderung.
    Es priesen seinen Sieg, die den Besiegten sahn,
Und jetzo sahn sie selbst den Sieger schweigend nahn.
    Ins Lager langsam ritt er auf dem Roß zurück,
Und hörte kaum, wie sie ihm riefen Heil und Glück.
    Er dacht an viel, was ihm der Himmel nicht beschied,
An seinen Vater bald, bald an Gurdaferid.

25.

Von Siegesfreude war das Türkenlager voll,
Derweil im weißen Schloß ein Wehgeschrei erscholl.
    Ein Wehgeschrei erscholl darin von Mann und Weib
Um den mit Schmach im Kampf verlornen Heldenleib.
    Ein Wehgeschrei erscholl im ganzen Schloße drinnen,
Allein Gurdaferid stand schweigend an den Zinnen.
    Sie schaute schweigend nach der Stelle noch, wo brach
Den Perserstolz ein Türk, der ihn vom Sattel stach;
    Und rief: O Scham, o Schmach! Weh um Hedschir, den
        Degen!
Du rühmtest dich ein Mann, und bist dem Kind erlegen.
    Wie hast du ungeschickt um meine Gunst gebuhlt!
Dein Sper war stumpf gespitzt, dein Gaul war schlecht
        geschult.
    Verlachen könnt ich dich; daß aber dich verlache
Der Feind, das kränket mich, und fordert Freundesrache.
    Wie? rühmen sollte sich ein blonder Türkenknabe,
Daß er so leicht erlegt den ersten Perser habe?
    Wenn er die Männer hier für Weiber halten kann,
Soll er an einem Weib nun finden seinen Mann!

Vom Kampfplatz ritt er weg gleich einem lichten Sterne,
Sah sich noch einmal um, dann schwand er in der Ferne.
So zierlich tummelt' er sein Roß, man sahs nur gern;
Laß sehn, ob er von nah so schön ist als von fern!
Halbscherzend rief sies aus, und schritt vom Wall nach
      Haus;
Dort las sie sich zum Schmuck die schönsten Waffen aus.
In einem Drathelm barg sie ihrer Locken Zier,
Und nam vors Angesicht ein indisches Visier.
In voller Rüstung sprang sie auf ein Ross im Lauf,
Und flog der Pforte zu, die that der Pförtner auf.
Ihr Vater Gesdehem sah ihren Ausritt nicht,
Sonst hätt er sie gehemmt in ihrer Zuversicht.

26.

Sie kam alswie ein Mann den Berg herab vom Schloß,
Ein Gurt um ihre Mitt und unter ihr ein Ross.
Sie flog den Berg vom Schloß herab gleich einem Falken,
Und schwang in ihrer Hand erztrümmernd einen Balken.
Ans Türkenlager kam sie wie ein Sturm herbei,
Da that sie einen durchs Visier verstärkten Schrei:
„Wer sind die Recken hier? und wer ist der sie führt?
Wer ist es, dem der Tod von meiner Hand gebührt?
Ein guter Freund ward mir vom Rosse hier gestochen;
Wer fällte den Hedschir? dem sei hier zugesprochen!
Und wenn derselbe selbst hervorzutreten zagt,
So komm ein andrer, der mit mir die Probe wagt.
Ihr sollt nicht glauben, weils an einem euch gelang,
Daß Turans Trotz den Stolz von Iran schon bezwang!
Was einer schlecht gemacht, das macht ein andrer gut;
Die blaße Schmach Hedschirs röt ich mit wessen Blut?

Wer hat sein Leben feil? wer hat zum Kampfe Mut?"
Vom stolzen Lager war gehört die Forderung,
Und ihr zu folgen stand schon mancher auf dem Sprung.
Doch allen kam zuvor Suhrab mit einem Sprunge
Aufs Ross, indem er rief: Ihr wartet, alt' und junge!
Den Handel, den ich angefangen, muß ich enden;
Wegnemen soll mir keins die Arbeit untern Händen.
Das ist zum einen Stück das andre, wie ich merk,
Und beide Stücke sind zusammen erst ein Werk.
Sagt dem Hedschir: Zum Trost schaff ich in seiner Not
Einen Genoßen ihm, lebendig oder tot!
So rief der junge Held, und ritt von dannen jach;
Das Türkenlager rief ihm lauten Beifall nach.

———

27.

Auf einen Bogenschuß ritt er zu ihr hinan;
Er lachte leis' und kniff die Lippe mit dem Zahn.
So sprach er froh bei sich: ein andres edles Thier
Ist hergekommen in des Jagdherrn Jagdrevier.
Wie in dem Dickicht, wo ein Leu sein Lager hat,
Wo ihm verfallen ist zu Raube, was da naht;
Die stärkste Hirschkuh hat er eben dort bezwungen,
Da kommt das zarte Kalb der Mutter nachgesprungen.
Lautblöckend suchet es die Mutter in der Not,
Und fand an Mutter Statt den Löwen und den Tod.
Des Löwen Mittagstisch war mit der Kuh beraten,
Und nun zur Abendkost dient ihm des Kälbchens Braten.
Wer sendet Beut auf Beut hernieder zum Gewinne
Mir von der alten Burg, daß keine mir entrinne?
Das thut die Zauberin dort oben an der Zinne!
Die nam durch Zauber hin nur erst des Einen Sinn,

Und schon durch Minne reißt sie auch den andern hin.
　　So möge sie, wo sie den ersten fallen sah,
Den zweiten liegen sehn, wann ich ihm komme nah!
　　Er sprachs, und wendete vom Platz des Kampfes fort
Den Blick zur Burg hinauf, und suchte jene dort:
Es wundert' ihn, daß sie nicht stand am vorgen Ort.
　　Er dachte, daß sie dort noch immer an der Zinne
So müßte stehn alswie sie stand vor seinem Sinne.
　　Er wußte nicht, daß sie, anstatt ihm zuzusenden
Frohnkämpfer, selbst zum Kampf sich liefre seinen Händen.

━━━━

28.

Doch Gurdafrid besann sich auch, als sie den Mann
Zu Rosse halten sah, dem nicht Hedschir entrann.
　　Zu schwenken sie begann ihr mutges Rösslein leise,
Daß sie erst ihren Feind im weitern Kreiß umkreiße.
　　Reizend die Kampfbegier Suhrabs, und spottend ihr,
War sie nicht hier noch dort, war sie bald dort bald hier.
　　So wie ein Krähenschwarm den Adler, wo er schwebt,
Umschwärmt, und ein Geschrei von jeder Seit erhebt;
　　Sie sind ihm, wo er fliegt, nah überall vom weiten,
Und ihrer Zungen Pfeil trifft ihn von allen Seiten:
　　So kam dort von der Hand Gurdaferids, vom Bogen,
Den sie hielt unverwandt, Pfeil über Pfeil geflogen.
　　Ihr Köcher war ein Meer, und schöpfte nie sich leer,
Er war ein Lagerwall, der ausspie Heer auf Heer;
Und Suhrabs Rüstung ward von leichten Spitzen schwer.
　　Sie hafteten an ihm, und konten nicht ihn ritzen,
Sie dienten nur das Blut des Helden zu erhitzen.
　　Erst achtet' er ein Spiel der Tropfen Sprüheregen,
Den er abschüttelte, dann wards ihm ungelegen,

Und mit erhobnem Schild im Zorne rief der Degen:
  Wielange treiben willst du dieses Knabenspiel?
Du triffst mit jedem Pfeil, und jeder fehlt das Ziel.
  Wir Türken ließen euch solang in Ruhe sitzen,
Ihr Perser, um den Pfeil mit Zierlichkeit zu schnitzen;
Am groben Erze nun stumpft ihr die feinen Spitzen.
  In deinem Bienenkorb, wieviel hast du noch Bienen?
Hier eingetragen wird kein Honig dir von ihnen.
  Du magst im Frühlingshain ein kleines Vöglein schießen,
Den großen Vogel Greif wirst du damit nicht spießen.
  Nun aber laß einmal den eitlen Zeitvertreib,
Und, bist du nicht ein Weib, geh mir als Mann zu Leib!

29.

Er riefs, und übern Arm warf sie des Bogens Sennen,
Und gegen Suhrab nun ließ sie den Schlachtgaul rennen.
  Anlegte sie den Schaft der Lanze so mit Kraft,
Es wäre nicht der Stoß zu nennen mädchenhaft,
  Hätt er getroffen nur; doch Suhrab bog geschwind
Zur Seite Leib und Ross, der Stoß gieng in den Wind.
  Nun schwang er hinter sich den eignen Sper behende,
Und an den Gegenmann legt' er das untre Ende;
  Daran ein Haken war, der nicht so leicht sich bog,
Wenn einen Gegner er damit vom Sattel zog.
  Vom Sattel lüpft' er sie wie einen Federball;
Es fehlte noch ein Ruck, so kam ihr Stolz zu Fall.
  Doch Gurdafrid nam war, wie sie gefährlich schwankte,
Und zog ein kurzes Schwert, dem sie die Rettung dankte.
  Sie hieb den Schaft entzwei, der sie vom Sitze schob,
Und wieder saß sie fest, daß Staub vom Sattel stob.
  Zwar die Besinnung nicht, und nicht das Gleichgewicht,

Verloren hatte sie jedoch die Zuversicht.
   Sie sah, daß sie nicht war für diesen Kampf der Mann;
Die Zügel zuckte sie dem Rösslein, und entrann.
   Auch Suhrab gab den Zaum dem schöngemähnten
        Drachen,
Und wollte nun den Tag dem Feinde finster machen.
   Er kam auf seinem Hengst ihr zornig nachgeschnaubt;
Da wandte sie sich schnell, und nahm den Helm vom
        Haupt.
   Sie glaubte beßer als durch männliches Gefecht
Sich zu verteidigen durch Schönheit und Geschlecht.

30.

Von ihrem Haupte quoll die Fülle dunkler Locken,
Und Suhrab sah ein Weib statt eines Manns erschrocken.
   Er rief: Wenn solchen Kampf beginnen Perserinnen,
Ei welchen werden dann die Perser erst beginnen!
   Aus Wolken Staub, und Blut aus Felsen werden haun
Im Krieg die Männer, wenn so kriegrisch sind die Fraun!
   Führt, Holde, dich zu mir hernieder die Begier
Des Kampfes, oder ein Verlangen nach Hedschir?
   Nun weiß ich wol, warum du droben an der Zinne
Nicht stehst, weil Kampflust dich herabführt oder Minne!
   Als ich dich droben sah, dacht ich: wie schön sie ist!
Nun aber seh ich, daß du noch viel schöner bist.
   Ein schöner Reh als du fiel nie in Jägerstricke;
Nie hoffe frei von mir zu machen dein Genicke!
   Er riefs, und nam vom Gurt die Fangschnur
        weitgeringelt,
Warf sie, und Gurdafrid war um die Mitt umzingelt.
   Gefangen sah sie sich, und wäre gern entgangen;

Sie sann auf schnellen Rat, den Fänger selbst zu fangen.

Die Nacht der Locken hob sie weg vom Angesicht,
Die halb es barg, und gab dem Monde volles Licht,

Indem sie lächelte, und sprach: Held ohne Scheu,
In Männermitte wie im Thierechor der Leu!

Mich zog so sehr zu dir nicht her die Kampfbegier,
Noch auch Sorg um Hedschir; wer ist Hedschir vor dir!

Nur weil von droben fern ich dich so mannhaft sah,
So edel von Gestalt, wollt ich dich sehn auch nah.

Nun hab ich dich gesehn; ich hätte nie gedacht,
Daß solchen Heldenschmuck Turan hervorgebracht!

Ei! mögen ihren Krieg mit dir die Perser füren!
Du wirst die Männer all, nicht nur die Fraun, umschnüren.

Doch wünschest du, wie ich, daß ein Verständnis sei
Des Friedens zwischen uns, so gib zuerst mich frei!

⊢━━━┥

31.

So sprach die Schmeichlerin, als sei sie seine Schwester;
Doch Suhrab zog die Schnur um seine Beute fester,

Und sprach: Wenn ich nun gleich die Stricke näme fort,
Woran dann hielt ich dich? Sie sprach: An meinem Wort.

Ich gebe dir mein Wort, daß, wenn es dir geliebt,
Sich dir zugleich ein Schloß und eine Braut ergibt.

Ich gebe dir das Schloß, und, ist es dir genem,
Mich selber, wenn nur will mein Vater Gesdehem.

Mein Vater ist gewis bereit daß er mich löse;
Erfärt er, wo ich bin, so wird er auf mich böse.

Ihm hinterm Rücken ritt ich aus dem Schloße fort,
Und meiner harrend steht er wol im Tore dort.

Komm! eh von oben hier mich sehn die Meinigen,
Und dich vom Lager dort herauf die Deinigen,

Und beide sich im Spott ob uns vereinigen!
   Denn spotten werden sie und sagen, daß ein Mann
Wie du nie solchen Kampf mit einem Weib begann.
   Was haben sie solang einander zu berichten?
So fragen sie; drum laß den Handel schnell uns schlichten.
   Du reit hinan mit mir den Berg! ich gebe dir
Die Schlüßel zu dem Schloß, doch erst gib Freiheit mir!
   Sie sprachs, und sah dazu ihn an mit einem Blicke,
Mit dem sie übertrug von sich auf ihn die Stricke;
Betöret nam er ihr die Fangschnur vom Genicke.
   Wie fühlte sie mit Lust den schönen Nacken frei,
Und wie mit Stolz! sie sah nun erst, wie stark sie sei,
Da solche Haft sie brach mit einer Schmeichelei.
   Froh spornte sie ihr Ross, und ritt im Abendschein
Voraus den Schloßberg an, Suhrab ritt hinterdrein.

———————●———————

Viertes Buch.

32.

Im Schloßwall hinterm Tor, mit Sorgen und mit Trauer,
Nach seinem Kinde stand der Vater auf der Lauer,
   Den Ungehorsam bald, bald ihren Uebermut
Laut schalt er, doch geheim lobt' er sein Heldenblut.
   „Wenn sie nur unversehrt vom Abenteuer kehrt,
So sei nichts auf der Welt dem Töchterchen verwehrt;
Nur solch ein zweiter Ritt sei nicht von ihr begehrt!
   Doch weniger mit ihr zürn ich, als auf Hedschir;
Sein Unfall riß mein Kind so hin mit Kampfbegier.
   Wer aber rettet mir mein Täublein aus den Krallen
Des Habichts, dem zum Raub der Kampfhahn selbst
      gefallen?
   Thu ich die Pfort hier auf, daß ich zur Hilf ihr eile,
Damit der alte Vogt des jungen Torheit teile?
   Wart ich geduldig, bis der Himmel und ihr Glück,
Ihr Mut und kluger Rat mir bringt mein Kind zurück?"
   Er sprachs, und lauscht' hinaus, und hört' ihr Rösslein
      traben;
Schnell tat er auf, um schnell sein Kind herein zu haben.
   Gurdaferid ersah der Rettung offnes Tor,
Doch ihr Begleiter klomm hart hinter ihr empor;
Da kam sie ihm geschwind mit einem Sprung zuvor.
   Sie huscht' hinein alsob sie flög auf Taubenschwinge,
Und rief: Nun warte, Freund, bis ich die Schlüßel bringe!
   Der Schloßvogt schloß geschwind das Tor nach seinem

Kinde
Gehäbe, daß kein Wind den Weg durchs Spältchen finde.
　　Sie war hinein, Suhrab war draußen auf dem Ross,
Des Schlüßels wartet' er zu dem verschloßnen Schloß.

———

33.

Da neigte Gurdafrid sich von der Zinne droben,
Und rief: Kehr um, o Held, umsonst sind deine Proben.
　　Kehr heim, der Abend naht, von deiner Waffentat
Zum Türkenlager, dort halt in der Nacht Kriegsrat!
　　Da dir der Handstreich heut aufs weiße Schloß mislang,
So rüst auf morgen dich zu einem neuen Gang!
　　Er blickt' empor und sprach: o schöne Persermaid,
Daß du treuloser noch als schön bist, thut mir laid.
　　Daß mir solch eine Braut, solch eine Burg entflogen,
Das reut mich nicht sosehr, als daß ich ward betrogen.
　　Nun, diese Burg ist doch nicht wie der Himmel hoch;
Und wär sie höher noch, herunter mußt du doch.
　　Herunter bringen werd ich dich, im Sturm erringen
Das Schloß, du brauchest mir die Schlüßel nicht zu bringen.
　　Sie sprach: Ereifre nicht, o schöner Türkenknabe,
So sehr dich, daß ich nicht gebracht die Schlüßel habe.
　　Der Vater hat sie selbst heut in Verschluß genommen;
Ich könnte, wollt ich auch, nicht zu den Schlüßeln
　　　　kommen.
　　Auch deine Werbung hab ich heimlich ihm vertraut;
Er sprach: Ein Türke find in Iran keine Braut.
　　Ich rate dir, kehr um, und nim, die dein begehrt,
Die schönst in Turan nim! du bist der schönsten wert.
　　Kehr um, ich rate dir, laß guten Rat dir frommen,
Eh Kawus es erfärt, und seine Helden kommen.

43

Wenn Rostem kommt heran, der Perser-Pehlewan,
O Schmuck aus Turkistan, dann ists um dich getan.
    Kehr um in deiner Kraft! du stehst hier an der Grenze;
Schad um die Blume, wenn sie bricht ein Sturm im Lenze.
    Ich weinte selbst um dich, wenn ich dich sähe fallen;
Denn beßer hat als du mir noch kein Mann gefallen.

34.

Sie sprachs, und schwieg, und stieg hinab vom
        Mauerkranz;
Noch lang sah Rostems Sohn empor im Abendglanz,
    Als säh er noch ihr Bild, als hört er noch ihr Wort;
Zum Lager langsam dann ritt er im Unmut fort.
    Dem Schloß zur Seite lag am Berggehäng herab
Ein reicher Anbau, der dem Schloße Nahrung gab.
    Da waren Gärten, Bäum und manches Saatenfeld;
Daran ließ seinen Zorn nun aus der junge Held.
    Ins Lager rief er laut: Ihr Türken, kommt heraus!
Verbreitet um euch her schnell der Zerstörung Graus!
    Uns bietet Trotz die Burg, die dort im Spätrot lodert;
Vergebens hab ich heut die Schlüßel abgefodert.
    Sie sei zu Fall gebracht, sobald der Tag erwacht;
Und vor der Nacht sei jetzt ein Anfang schon gemacht.
    Zerschmettert dieß Gebälk, zertrümmert diese Planken,
Brecht dieß Gezäun entzwei, werft nieder diese Schranken!
    Haut diese Fruchtbäum um, entwurzelt diese Reben,
Und mähet diese Saat! sie soll nicht Körner geben.
    Dieß ist der Boden, wo sie ihren Vorrat pflanzen,
Womit sie droben dann sich halten in den Schanzen.
    Nun steige Staub und Rauch und Dampf und Qualm
        empor,

Und kündig ihnen an, was ihnen steht bevor!
  Des Burgvogts Tochter liebt vom hohen Wall zu schauen;
Nun schaue sie, wie hier wir ihr den Garten bauen!
  Wühlt diese Beeten um, wo ihre Rosen blühn,
Und stopft die Quelle, die ihr macht den Rasen grün!
  So rief er, und sein Heer fiel wie ein Hagelschlag
Aufs angebaute Land, bis alles wüste lag.
  Stillschweigend sah er zu, und als der letzte Keim
Zerstört war, ritt er abgekühltes Zornes heim.

———

35.

Zum heimgekehrten trat Baruman in der Nacht,
Und sprach: Du hast nicht gut das Werk des Tags
        vollbracht.
  Den Feinden ist es recht die Nahrung abzuschneiden,
Doch so nicht daß wir selbst darunter Mangel leiden.
  Nun ihren Vorrat zwar hast du der Burg entzogen,
Allein dein eignes Heer hast du darum betrogen.
  Viel Holzwerk und Gebälk ist unnütz mitverbrant,
Das nutzbar konte sein zum Leiterbau verwandt.
  Denn ohne Leitern wirst du nicht das Schloß erringen;
Die Mauern dort wird nicht dein Rösslein überspringen!
  Und dann, was spornte dich zu dieser Rache scharf?
Weil dir ein Kind die Tür zu vor der Nase warf!
  Viel beßer war dir das, als ließe sie dich ein;
Drin unter Hunderten was wolltest du allein?
  Du bist der Mann wol es mit jedem aufzunemen,
Doch viele Hunde sinds, die einen Löwen lähmen.
  Bist du des Heeres Arm, und bist des Heeres Haupt,
Nicht sei durch Torheit ihm so Haupt als Arm geraubt!
  Was sollt ich schreiben nun dem Schah Afrasiab,

Der deiner Jugend bei zum Rat mein Alter gab?
  Dein stürmscher Ritter hat das Grenzschloß
          eingenommen,
Er ist mit Glück hinein, doch nicht heraus gekommen!
  Nun aber wollen wir mit beßerem Vertraun
Es nemen, und dazu vor allem Leitern baun.
Du hast das Holz verbrant, wir wollen andres haun.
  Er sprachs, und lächelnd hin nam jener den Verweis;
Er sprach verschämt und keck: Ein Jüngling ist kein Greis;
  Doch hab ich nie gehört, daß Rostem auch, der alte,
Beim Mauerbrechen sich mit Leiterbau aufhalte.
  Bau Leitern! eines nur beding ich mir dabei,
Daß, wenn sie fertig sind, ich drauf der erste sei.
  Nur seis in dieser Nacht! denn morgen, seids gewärtig,
Da werd ich mit der Burg auch ohne Leitern fertig.

             ⊢——⊣

36.

Weil dieß der weißen Burg im Lager ward gedroht,
Saß droben Gesdehem, und dachte nach der Not.
Er setzte sich und schrieb an Kawus einen Brief,
Darin er Gottes Heil dem Schah zum Eingang rief,
Und von der Herrlichkeit des Throns nach Würden
      sprach,
Dann von den mislichen Zeitläuften trug er nach:
Die Grenzburg Irans ist gekommen ins Gedränge
Von einem Türkenheer in ungezälter Menge.
Doch all den andern geht ein junger Fant voran,
Der über zweimal sieben Jahr nicht alt sein kann.
Von seiner Schlankheit ist die Zeder überragt,
Von seinem Glanz die Sonn im Aufgang übertagt.
Wenn er zu Rosse sitzt mit Lanze, Keul und Schwerde,
So achtet er gering Himmel und Meer und Erde.
In Turan weder ist noch Iran ein Verwegner
Von gleicher Art, für ihn ist auf der Welt kein Gegner,
Als Rostem nur allein; ihm gleicht er an Gestalt,
An unverzagtem Mut und furchtbarer Gewalt.
Suhrab, so ist genant die junge Kriegesflamme,
Entsproßen, wie man sagt, Semengans Königsstamme.
Sobald er kam, hat sich der mutige Hedschir
Gegürtet, und gesetzt auf ein schnellfüßig Thier.
Ihn trugs den Berg hinab, doch nicht zum Schloß zurück;
Dem Stürmer sperrt ich selbst die Vestung noch zum Glück.
Doch wenig fehlte nur, so wäre mutentbrant
Der junge Elefant allein ins Tor gerant.
Darauf hat er verbrant den Anbau rings ums Schloß,
Und länger widersteht die Burg nicht seinem Stoß.
Am Leben ist Hedschir, doch in Gefangenschaft;
Verloren ist an ihm des Schloßes Halt und Kraft.
Ich hab umsonst bei mir nach beßerm Rath gesucht:
Mit meinem Häuflein nem ich diese Nacht die Flucht.
Schnell sende nun der Schah ein großes Heer herbei,

Damit ein Damm gesetzt der Ueberschwemmung sei.

Doch Rostem sei dabei! Nur Rostem ist der Mann,
Der diesem Türkenknaben ins Gesicht sehn kann.

37.

Er schriebs und siegelte, und gab geschwind den Brief
Dem Boten, der damit die Nacht durch eilig lief.

Aufstand der alte Vogt sodann vom Schreibeplatz,
Und raffte sein Gesind zusammen und den Schatz,

Gurdaferid voran, um diese war ihm bange,
Mit allen wandt er sich zum unterirdschen Gange,

Der, ihm allein bekant, zur Burg hinaus weit fürte,
Und Niemand ward gewar, wie er den Bündel schnürte.

Er zog mit seiner Schaar bei Nacht ein gutes Stück,
Und nur wehrloses Volk ließ er im Schloß zurück.

Als nun der Tag brach aus der Nacht zerrißnem Flor,
Stürmte mit seinem Heer Suhrab den Berg empor.

Sie drangen bis ans Tor der Burg ohn Aufenthalt,
Niemand trat in den Weg der stürmenden Gewalt.

Da hielten sie vorm Tor, kein Atem war darinnen,
Und sahn zur Zinn empor, kein Leben auf den Zinnen!

Suhrab in Ungeduld faßt' einen Felsenstein,
Schleudert' ihn gegens Tor, und brach den Eingang drein.

Zu Ross sprengt' er hinein, alswie der lichte Tag,
Ins Torgewölb, in dem noch Nacht und Schweigen lag;
Das Schweigen ward geweckt von seinem Rosshufschlag.

Der Widerhall nur ward vom Waffengruße wach,
Kein andrer Widerpart schuf ihnen Ungemach.

Sie wunderten sich selbst, wie leicht sie eingenommen
Die Burg, und fragten sich, wohin der Feind gekommen?

Doch Suhrab hatte statt des Feindes an dem Ort

Die Freundin auch gesucht, und fand: sie war nicht dort.

38.

Wie sich ein Knabe müht, daß er den Baum ersteige,
Wo er ein Vogelnest weiß auf dem höchsten Zweige;
   Am Abende zuvor hat er sich vorgenommen:
Bei frühstem Morgen wird der hohe Baum erklommen.
   Heut ist es nun zu spät, bis morgen seis verschoben;
Die Vögel sind im Nest bei Nacht wol aufgehoben.
   Er hat die ganze Nacht von seinem Fang geträumt,
Und, mit der Sonn erwacht, das Bette schnell geräumt;
   Dann ist er ungesäumt auf seinen Baum geklommen,
Und droben findet er das Nest nun ausgenommen.
   Er weiß nicht, ob zuvor ein andrer Dieb ihm kam,
Oder die flücke Brut den Flug vom Neste nam.
   Eischalen findet er und ein zerstreut Gefieder,
Und traurig klettert er vom hohen Stamme wieder:
So traurig kletterte dort Suhrab auf und nieder
   Durchs öde Mauerwerk der ausgestorbnen Veste,
Und fand den Vogel, den er suchte, nicht im Neste.
   Er fand nicht Gurdafrid, wo er sie sucht' im Schloß,
Er fand den wehrlos nur zurückgelaßnen Troß.
   So traurig sank er nun herab vom hohen Baume
Der Hoffnung, den er kühn erflogen hatt im Traume;
Er suchte, die er liebt', im weiten leeren Raume.
   Er rief: Könnt ihr mir nicht, ihr stummen Wände, sagen,
Wohin ein Sturm sie hat, ein Flügel sie getragen?
   Ist sie verschwunden, wie ein Traumbild ohne Spur?
Erscheinung glänzende, die mir vorüber fur!
Wo bist du? wer bist du? wie, sprich, nenn ich dich nur?
   Das macht den Unmut mir im Herzen doppelt heiß,

Daß ich auch nicht einmal von ihr den Namen weiß.
  Mich däuchte, kühlen würd es schon der Sehnsucht
      Brennen,
Wenn ich dem Winde nur dürft ihren Namen nennen! –
  Er dachte nicht daran, den Troß der Burg zu fragen;
Was, dacht er, können die von meiner Liebe sagen?

39.

Da rief er seiner Schaar: Geschwind, und holet mir
Herauf aus seiner Haft vom Lager den Hedschir!
  Er ist ja gestern noch hier oben Herr gewesen;
Wen beßer könnten wir zur Auskunft uns erlesen?
  Er soll des leeren Nests Gelegenheit uns deuten;
Verborgne Schätze sind gewis hier zu erbeuten.
  Er riefs, und jene trieb nach Schätzen die Begier
Geschwind den Berg hinab, sie holten den Hedschir.
  Er kam, und Feßeldruck beschwerte seine Glieder,
Doch schwerer noch drückt' ihn Gefühl der Scham
      danieder;
Denn frei hier war er einst, und kam gefangen wieder.
  Doch auf die Seite nam ihn alsobald Suhrab,
Mit sanften Worten nam er ihm die Feßeln ab:
  Du bist, so frei du hier gewesen, wieder jetzt,
Sogleich auf diese Burg von mir als Vogt gesetzt,
  Wenn ohne Hinterhalt du mir den Namen nennest
Von einer, die du nur zu gut, ich weiß es, kennest,
  Und sagst du mir, wo sie ist, wo ich sie finden mag?
Denn ohne sie will ich nicht bleiben einen Tag!
  Er sprach es, und das Wort war für Hedschir ein Schlag.
  Zur Antwort gab er ihm: Wenn dir sie Gott beschied,
Den Namen nenn ich wol, sie heißt Gurdaferid.

Ich staune, wie du selbst, sie nicht zu sehn hier oben;
Wer weiß, wo seinen Schatz der Vater aufgehoben!
    Gern würd ich dir den Platz, wenn ich ihn wüßte, sagen.
Sie hat ein Geist entfürt, ein Sturmwind fortgetragen;
Du mußt die Zauberin dir aus dem Sinne schlagen.
    Er schwieg, und wußte wohl, auf welchem Weg den
            Schatz
Der alte Drach entfürt, an welchen sichern Platz.
    Doch sein Geheimnis war des Nebenbulers Heil;
Es war ihm um die Burg und um die Welt nicht feil.
    Für Persien diese Burg zu halten wäre schön,
Dacht er, und frei als Herr zu walten auf den Höhn;
    Doch übel ist der Preis und schlimm die Gegengabe:
Nicht kommen soll durch mich auf ihre Spur der Knabe! –
    Vom Vorteil seines Lands und seinem ungerürt,
Vom Wunsch der Freiheit selbst, blieb er von Lieb
            umschnürt,
Und ward in Feßeln, wie er kam, hinweg gefürt.

―――

40.

Doch Suhrab gieng nunmehr im weiten Schloß umher,
Und fand den Raum von dem, wornach er suchte, leer.
    Da sprachen, die es sahn: Nach Schätzen suchet er.
Und suchen gieng im Schloß nach Schätzen auch das Heer.
    Er aber suchte fort und fort sie hier und dort;
Am einen fand er nichts, und sucht' am andern Ort.
    Er dachte, daß sie doch sich müße wo verstecken,
Und immer hoffte noch sein Herz, sie zu entdecken.
    Wie ein verlegt Gerät man sucht an jedem Flecke,
Wo man es schon gesucht, und suchts in jeder Ecke,
Wo mans nicht fand, und denkt, daß es doch wo noch

stecke.

Er gieng zur Zinn hinaus, wo er von unten hoch
Sie gestern stehen sah; stehn wird sie da heute noch!

Er freute sich, zu stehn, wo sie zuvor gestanden,
Und ließ den Blick hinaus umschweifen in den Landen.

Er sah darauf die Berg' und jede Thalschlucht an,
Ob sie hindurch villeicht genommen ihre Bahn.

Er fragt' um sie, von der er wußte nun den Namen,
Die Wolken und die Lüft, ob sie von ihr nicht kamen.

Mit Wind und Sonnenschein sprach er, mit Pflanz und
    Stein
Sprach er von ihr, nur mit den Leuten nicht allein.

Die Leute plünderten, zerhieben und zerstachen,
Zerschmißen, rißen ein, zerwülten und zerbrachen.

Sie suchten einen Schatz, und weil sie keinen Schatz
Am Platze fanden, ward zerstört dafür der Platz.

Doch Suhrab, dessen Herz ein andres kümmerte,
Sah unbekümmert drein, wie alles trümmerte.

Er sah, und sah es nicht, wie man die Burg zerstörte,
Alsob sie noch dem Feind, nicht schon ihm selbst gehörte.

41.

Zu dem in Liebeslust gefangnen jungen Mann
Mit Mahnung und Verweis trat Barman und begann:

Wie? um ein dunkles Haar und helles Angesicht
Vergißest du die Welt, dich selbst und deine Pflicht!

Die Helden, so die Welt noch jetzt am höchsten hält,
Sie hielten höher als sich selbst nichts auf der Welt.

Sie gaben aus der Hand nicht achtlos und bedachtlos
Das Herz und den Verstand, vom Rausch der Liebe
    machtlos.

Wol manches Moschusreh fiengen sie ein im Scherz,
Doch binden ließen sie im Ernste nicht ihr Herz.
  Denn, wer dem Adler gleich will um die Sonne werben,
Darf wie die Nachtigall nicht um die Rose sterben.
  Nicht mit Eroberung von einer Welt vereint
Sich dieses, daß in Gram um einen Mond man weint.
  Sohn hat zum Ruhme dich genant Afrasiab,
Und über Land und Meer schwingst du der Herrschaft Stab.
  Aus Turan kamen wir hieher zu einem Werke,
Begonnen wards mit Kraft, und sei vollfürt mit Stärke!
  Dir fiel ohn einen Streich des Schwertes in die Hand
Solch eine Burg, und frei steht dir nun Irans Land.
  Doch ob wir so im Spiel erreichten dieses Ziel
Des Wunsches, doch bevor steht uns noch Arbeit viel.
  Der König Kawus wird mit seinen Helden nahn;
Willst du entgegengehn? willst du sie hier empfahn?
  Willst du entgegengehn? kleb hier nicht an den Hallen!
Willst du sie hier empfahn? laß nicht die Burg zerfallen!
  Was überlieferst du in Blindheit und Betörung
Das erste Pfand des Glücks den Händen der Zerstörung?
  Mach, es ist dir zu schwül, dein Herz im Busen kühl
Von Liebe, willst du stehn ein Mann im Schlachtgewühl!
Und willst du sein ein Kind, so ruh auf weichem Pfühl!
  So mahnte Baruman; Suhrab hatt ihm verraten
Sein Herzgeheimnis nicht: er hatt es selbst erraten.

42.

So mahnte Baruman, und als darauf kein Wort
Suhrab erwiderte, fur er zu mahnen fort:
  Du hast aus eignem Mut, o Jüngling, unternommen
Ein großes Werk, und wirst mit Glück zum Ziele kommen,

Wenn eins mit dir du bist! Mit dir eins, wirst du siegen;
Uneins mit dir, wirst du dir selber unterliegen:
Der Kopf besinnungslos wird unters Herz sich biegen.

Nur wer mit Festigkeit und mit Verstand ausfürt
Das Unternommne, weiß daß ihm der Ruhm gebürt.

Den Leun zu fangen, bist du auf die Jagd gegangen;
Laß dich nicht unterwegs vom bunten Panther fangen!

Bist du ein Held, ein Mann, die Welt zum Raube nim!
Die Hand streck aus! dem Schah vom Haupt die Haube nim!

Wenn diese Länder all erst deiner Herrschaft fröhnen,
Werden dir allerwerts auch huldigen die Schönen.

Die Schönheit ist die Blum, o Sohn, auf dem Gefild
Des Lebens, und die Lieb ein Thau auf Blumen mild.

Nie fehlen möge dir, o Jüngling, auf der Au
Der Jugend und des Glücks die Blume noch der Thau!

Befestige dieß Schloß zu Ehren der darinn
Erblühten, ihr zum Ruhm befestge deinen Sinn!

Wenn dir von hier der Sieg ganz Persien beschied,
In Persien ist mit inbegriffen Gurdafrid.

Wenn du den Rostem wirst vom Ross zu Boden ringen,
Laß ihn als Lösepreis Gurdaferid dir bringen!

So Baruman, und wie ein Stral durch Nebel brach
Die Red in Suhrabs Seel, er ward vom Traume wach.

Ja, rief er, von dem Ross will ich den Rostem bringen,
Und will als Lösepreis Gurdaferid bedingen!

Dem Heer gebot er: Reißt nicht, was wir haben, ein!
Und baut es wieder, daß es mög unnembar sein!

Dann setzt' er sich und schrieb Brief an Afrasiab,
Worin er ihm Bericht vom ersten Siege gab.

Fünftes Buch.

43.

Doch zu Keikawus kam nach Istachar der Brief
Des Gesdehem, womit in Eil der Bote lief.
　Der König, als er nun den Brief las, und vernam
Die üble Zeitung, ward sein Herz voll dunklem Gram.
　Darauf er seines Heers Gewaltige berief,
Und viel verhandelt' er mit ihnen ob dem Brief.
　Sie saßen um den Schah von Iran alle her,
Und allen ward das Herz wie ihm von Sorgen schwer.
　Die Großen seines Reichs und Starken saßen alle
Ratschlagend mit dem Schah in der Chosroenhalle:
　Ferabors, Guders, Tus, Keschwad, Schedosch, Roham,
Gurase, Gurgin, Gew, Milad, Ferhad, Behram.
　Denselben allen gab der Schah den Brief zu lesen,
Und sprach mit ihnen dann von Suhrabs Art und Wesen:
　So ist aus Turans Schooß ein neuer Kriegessturm
Gebrochen! seinem Stoß wankt Irans Friedensturm.
　Schon ist in seiner Hand die weiße Veste jetzt,
Auf welche wir umsonst der Hüter zwei gesetzt.
　Der alte gieng davon, der junge ließ sich fangen.
Guders! mit deinem Sohn Hedschir darfst du nicht prangen!
　Du hast der Söhne viel; warum gerade gaben
Die Burg wir dem, der sie nicht hielt vor einem Knaben?
　Doch, wie der Alte schreibt, so ist kein Mann der Welt,
Der diesem Ungetüm von Kind die Stange hält,
　Als Rostem, Sabuls Held. Ihr, denen ist empfolen

Die Wolfart Irans, sprecht: soll man den Rostem holen?

Da sprachen Groß und Klein, und riefen insgemein:
Rostem ist Irans Held, geholt soll Rostem sein.

Im Kampf mit Turan war stets Rostem Irans Hort;
Aus Sabulistan sei er eingeholt sofort!

Der Schah schreib einen Brief, worin ihm werd empfolen
Zu eilen; aber Gew, sein Eidam, geh ihn holen.

44.

Da saß der Schah und schrieb an Rostem einen Brief,
Worin er Gottes Preis ob ihm zum Eingang rief:

Hort der Iranier, Fürst von Sabulistan!
Stets sei vom Ruhm genant des Reiches Pehlewan!

Von Turan ist ein Sturm und Friedensbruch gekommen,
Die weiße Burg hat er den Hütern abgenommen.

Suhrab, so ist genant die junge Kriegesflamme,
Entsproßen, wie man sagt, Semengans Königsstamme;

Ein Wetterstral, ein Brand, ein Recke sonder Scheu,
Von Leib ein Elefant, von Herz und Mut ein Leu.

Wie Gesdehem uns schreibt, so ist kein Mann der Welt,
Der diesem Wagehals von Kind die Wage hält,

Als du nur, Irans Held! All meine Ritter saßen
Zu Rate, wo mit mir sie diese Fahr ermaßen,

Und einig sind sie, daß mit ihm den Kampf kann üben
Kein anderer, nur du magst ihm das Waßer trüben.

Denn du bist unser Hort und Schmuck und Putz allein,
Du Irans Rettungsport und Turans Trutz allein,
Die Stütze fort und fort des Throns und Schutz allein.

Nun gilt es, der Gefahr mit Kraft Entgegenstemmung,
Die Brust von Iran frei zu machen von Beklemmung;
Hemmung und Dämmung gilts von Turans

Ueberschwemmung!
Sobald du diesen Brief erbrochen hast, brich auf!
Im Augenblick brich auf, und halte dich nicht auf!
Stehst du, wo dieser Brief ankommt, nicht sitze nieder
Zu lesen! sitzest du, erheb im Sprung die Glieder!
Wenn in der Hand den Strauß du hältst, zu riechen,
  reuch nicht
Daran! wirf hin den Strauß, zeuch aus, zeuch! und
  verzeuch nicht!
Bist du vor deiner Tür, so geh nicht erst ins Schloß!
Laß holen Schwert und Helm, und hol im Stall dein Ross!
Sitz auf dein Ross! den Rachs laß rennen! flieg herbei
Aus Sabul wie ein Sturm! erheb ein Feldgeschrei!

———

45.

Er schrieb und siegelte den Brief mit buntem Wachse,
Gab ihn dem Gew, und sprach: Nun renne gleich dem
  Rachse;
Nach Sabul renn und flieg, alsob du hättest Flügel!
Nun gilts am Rösslein abzunutzen Zaum und Zügel.
Wenn du nach Sabul kommst zu Rostem, heiß ihn eilen!
Verweilen laß ihn nicht, und laß dich nicht verweilen!
Kommst du an spät des Nachts, so kehr um früh des Tags!
Sags ihm, daß nah der Kampf herandrängt, sags ihm, sags!
Da nam den Brief zur Hand und eilte hin der Bote;
An Waßer dacht er nicht, und fragte nicht nach Brote;
Er fragt' auf seinem Weg nach Staub nicht oder Kot,
Und auch am Himmel nicht nach Früh- und Abendrot.
Er flog auf seinem Ross in ungestümer Hast,
Und gönnte weder ihm noch sich Schlaf oder Rast.
Der Reuter und sein Ross, sie fühlten ihre Kräfte

Verdoppelt vom Beruf der wichtigen Geschäfte;
  Als dienete zu Sporn des Reiches scharfe Not,
Zu Geißelhieb des Schachs eindringliches Gebot.
  Als er zur Mark hinan ritt von Sabulistan,
Ward vom Wachpostenruf dem Rostem kund getan;
Aus Iran fliegt ein Bot alswie ein Sturm heran.
  Doch Rostem zu Sewar, zu seinem Bruder, sprach:
Reit ihm entgegen, sieh, warum ihm ist so jach!
  Dem Königsboten ritt Sewar auf hohem Ross
Entgegen, Rostem blieb in Ruh auf seinem Schloß.
  Doch als der Bruder nun kam mit dem Boten näher,
Wie er den Eidam sah, da freute sich der Schwäher.
  Er grüßt' ihn schön und sprach: Was bringst du,
        Tochtermann?
Ein Schreiben von dem Schah! gibs, ob ichs lesen kann!
  Er nam den Brief, den er mit Augen überlief,
Dann schwieg er lange Zeit, und dachte nach dem Brief.

━━━

46.

Ich denk an alte Zeit, vergeßen manches Jahr,
Und jetzt erinnr' ich mich, alsob es gestern war.
  Wie lange kann es sein? unmöglich ist der Knabe
Mein Sohn, wenn einen Sohn ich in Semengan habe.
  Unmöglich, wenn mir dort ein Herz- und Seelerfreuer
Erwächst, ist er bereits ein Mann und Heerzerstreuer.
  Jetzt trinket er noch mit milchduftiger Lippe Wein;
Doch ohne Zweifel bald wird er ein Kämpe sein.
  Wann seine Zeit kommt, wird sein Arm die Keule
        schwingen,
An Tapferkeit wird er mit seinem Vater ringen.
  Aufblühen neu in ihm wird Rostems Heldenfeuer,

Der Jüngling wird dem Greis der Jugendkraft Erneuer;
Jetzt ist er noch kein Mann der Schlacht und Heerzerstreuer.
　　Wann er erwachsen ist, wird ihn die Mutter schicken,
Und um den Arm das ihm bestimmte Zeichen stricken.
　　Erkennen werd ich ihn, und er wird mich erkennen,
Denn meine Zeichen wird ihm auch die Mutter nennen;
Nicht feindlich werden wir uns dann im Kampf anrennen.
　　Zusprechen wird er mir mit sittigem Zuspruch,
Nicht kommen mit gewalttätigem Gastbesuch,
　　Nicht mit der Tür ins Haus, ins Land mit Waffen fallen,
Anklopfen wird er erst an seines Vaters Hallen,
Und diese sind ihm aufgetan mit Wolgefallen!
　　Ich habe keinen Sohn in Persien, um ihn
Als Erben meines Ruhms und Namens zu erziehn,
　　Als Erben meines Guts und Reichs Sabulistan.
„Ein Türkenknabe taugt nicht zum Reichspehlewan"
　　Wird Kawus sagen; doch nach Kawus frag ich nicht.
Doch gerne möcht ich sehn dem Jungen ins Gesicht,
　　Der Suhrab ist genannt, die junge Kriegesflamme,
Entsproßen, wie man sagt, Semengans Königsstamme!
　　Ich könnt ihn nach dem Kind und seiner Mutter fragen,
Und einen Gruß an sie nach Turan ihm auftragen,
Den trüg er hin, wenn ich ihn hier nicht hätt erschlagen!

―――――

47.

So sprach der alte Held in tiefbewegtem Sinn,
Und all sein Denken schuf ihm lauter Ungewinn.
　　Dann blickt' er auf, und sprach zum Boten, den er fast
Vergeßen hatte: Komm! für heut bist du mein Gast.
　　Es ist nicht Eilens Not mit Krieg und Kriegsgebot:
Ich seh nicht, was dem Reich von Iran Großes droht!

Nun machte wol mich scheu ein reckenhafter Knabe,
Da ich nicht Furcht vor Leu und Elefanten habe?
    Es sollt ein blinder Schreck mich gleich in Harnisch
        bringen,
Und stehndes Fußes sollt ich auf den Rachs mich
        schwingen?
    Weil gegen ihn ein Tropf die weiße Burg verlor,
Ist drum der Brausekopf schon vor der Hauptstadt Tor?
    Ein knabenhafter Mann, wieviel er Kraft gewann,
Wenn sich zu rühren erst für ihn mein Schaft begann,
Sehn werdet ihr, wielang er seiner Haft entrann!
    Ich wurde fertig sonst mit Riesen und Dämonen,
Ich fürchte mich vor nichts, was hinterm Berg mag
        wohnen.
    Er wird sich hüten uns ins Garn herein zu springen;
Wir werden zeitig ihm den Tod entgegen bringen.
    Soll in Bewegung erst sich setzen Meeres Braus?
Das Glimmen geht von selbst des Aschenhäufchens aus.
    Wir werden bald genug auch diesen Weltbrand dämpfen;
Heut hab ich keine Lust für Keikawus zu kämpfen.
    Kommt! eh auf seinen Wink wir morgen Türken hetzen,
Will ich mich heute noch mit lieben Freunden letzen.
    Wir schlagen aus dem Sinn die Schlacht uns beim Gelag,
Bei hellem Becherklang und frohem Lautenschlag,
Und machen vor der Nacht uns einen guten Tag.
    Du, Eidam, sollst mir was von meiner Tochter sagen,
Vom jungen Recken auch, den ich euch todt soll schlagen!
    Die Herrlichkeit der Welt wird all am Ende Staub;
Begießen wir mit Wein des Lebens grünes Laub!
    Seware! geh ins Haus, bestell uns einen Schmaus!
Wir leeren vor der Nacht noch manchen Becher aus.

48.

So rief der alte Held aus aufgeregter Seele;
Sein Bruder tat, wie er gewohnt war, die Befele.
    Und auch der Eidam wagte nicht zu widersprechen;
Er wußte, daß mit ihm nicht gut sei Lanzen brechen.
    Der alte Recke ließ sich durch den Sinn nicht faren;
Starr war sein Kopf und hart, besetzt mit struppigen
        Haaren.
    Dem Schwäher folgte Gew vergnügt ins Haus zum
        Schmaus,
Und dachte: Mach er mit dem Schah es selber aus!
    Wir wollen heut mit Wein die staubgen Lippen netzen,
Und morgen können wirs durch schärfern Ritt ersetzen.
    Sie saßen beim Gelag, und hatten guten Tag,
Das Fest geschmückt war wie ein Frühlingsrosenhag.
    Alswie ein Rosenhag, geschmückt mit Duft und Glanze,
Mit Nachtigallenschlag und blühndem Rosenkranze;
So blühte das Gelag von Sang und Klang und Tanze;
    So mühte sich die Kunst geübter Tänzerinnen,
Vom Wirte Gold, und Gunst vom Gaste zu gewinnen.
    Sie dachten an den Feind und an den König nicht,
Und sahn nur Rosenwang und Mondenangesicht.
    Vom Schenken ließen sie den roten Wein sich schenken,
Und durften nicht dabei an Blutvergießen denken.
    Sie schöpften Wonn auf Wonn aus unerschöpfter Tonne;
Froh war hinunter schon getrunken Tag und Sonne.
    Zum Trunke leuchteten noch ihnen Sternefunken,
Bis alle vom Gelag zum Lager giengen trunken.

49.

Am andern Morgen trat der Eidam reisefertig
Zu Rostem ein, und war des Aufbruchs nun gewärtig.

Doch Rostem sprach vergnügt: Du schliefest zeitig aus;
Gut, daß zu kurz der Tag uns werde nicht zum Schmaus!

Nun heute wollen wir erst recht behaglich schmausen;
Wer weiß, wie bald herein des Unheils Wogen brausen!

Wir wollen aus dem Sinn uns schlagen Graun und
       Grausen;
Gut Obdach haben wir, der Sturm mag draußen sausen!
Villeicht wird nie so froh uns mehr dieß Haus behausen.

Mir ist, als sollt ich mich zum letztenmal der meinen,
Der guten Freunde freun, die sich um mich vereinen!

Ihr beiden, kommt, und setzt zur Rechten und zur Linken
Euch um den Rostem her, und helft dem Rostem trinken!

Sewar, mein Bruder, hier! hier Gew, mein Tochtermann!
Mir träumte Nachts daß ich auch einen Sohn gewann.

Das kam mir in den Sinn durch jenen Türkenknaben,
Mit welchem sie vom Hof den Kopf betäubt mir haben.

Nachbringen sollst du heut beim Weine, Gew, mir dessen
Beschreibung, weil beim Wein sie gestern ward vergeßen.

Kommt, setzet euch, und laßt uns hören vom Suhrab,
Was Gew zu sagen weiß, ob dieser Wunderknab
Ist wirklich einzig auf der Welt der weiße Rab!

So sprach er, und zuerst hinpflanzt' er seine Glieder;
Der Bruder durfte nichts, der Eidam nichts dawider
Ihm sagen; wie er saß, setzten sich beide nieder.

Sewar, der Bruder, rechts, der Eidam Gew zur Linken,
Bei Rostem saßen sie, und er begann zu trinken.

Sie saßen beim Gelag, und hatten guten Tag;
Das Fest geschmückt war wie ein Himmelsrosenhag,
Mit Glanz und Tanz und Sang und Klang und
       Lautenschlag.
Beim Trinken sprachen sie, bis sie den Tag hinab
Getrunken und herbei den Schlummer, von Suhrab.

50.

Des andern Morgens trat der Bote reisefertig
Zum Pehlewan, und war des Aufbruchs nun gewärtig.

Er wartete, und sah daß nicht von selbst aufbrach
Rostem, da faßte Gew sich nun ein Herz und sprach.

Bedachtsam sprach er: Held! vernimm ein Wort in Huld!
Nun reize länger nicht des Schahes Ungeduld!

Kawus, das weißt du ja, ist jäh in jedem Ding;
Und diese Sache wiegt ihm keineswegs gering.

Drum sandt er Botschaft dir durch keinen andern Boten
Als deinen Tochtermann, und Eil hat er geboten.

Denn dieser junge Türk ist ihm ein großer Kummer,
Der Eß- und Trinkens-Lust und Ruh ihm raubt und
      Schlummer.

Und wenn wir länger noch in Sabulistan säumen,
Wird ihm das weite Reich zu eng in allen Räumen.

Sprich, lieber Schwäher, soll ich dir den Rachs nicht
      zäumen?

Im ungefügen Zorn möcht er sich uns erbosen;
Zorn des Gebietenden bringt Boten keine Rosen.

Zu ihm sprach Rostem: Laß dir das nicht Sorge werden!
Niemand darf zürnen mir und meinem Tun auf Erden.

Keikawus weiß das wol, daß er zu dieser Frist
Durch Rostems Macht allein in Iran König ist.

Er weiß auch, daß mein Schwert ihn nie im Stiche ließ,
Wo oft in Ungemach sein toller Mut ihn stieß.

Doch heute dünkt es selbst mir Zeit nun aufzubrechen;
Nun wollen wir es erst beim Morgentrunk besprechen.

So sprach er, und alsbald mit Prachtgepräng und Prunk
Ließ er bestellen dort im Saal den Morgentrunk.

Die Flasche neigt' er tief, und hob den Becher hoch,
Mit seinem Eidam sprach er dieß und jenes noch.

Den Sattel nun gebot er auf den Rachs zu heben,
Und ließ dem ehrnen Mund der Zinken Atem geben.
    Die Krieger Sabuls, wie sie hörten Rostems Zinke,
Rings strömten sie herbei, willfärig seinem Winke.
    Er übersah mit einem Blick die starke Schar,
Und merkte, daß kein Ding der Welt zu schwer ihm war.
    Die Rosse wieherten, es schmetterten Trommeten,
Die Fahnen flatterten, die Fart ward angetreten.
    Rostem ritt im Gespräch mit Gew voraus, es war
Hauptmann bei Sabuls Heer an seiner Statt Sewar.

51.

Die Kunde kam zur Stadt, Rostem sei auf den Wegen;
Die Fürsten zogen ihm eine Tagreis' entgegen:
    Ferabors, Guders, Tus, Keschwad, Schedosch, Roham,
Gurase, Gurgin, Milad, Fehrhad und Behram.
    Ferabors, Sohn des Schachs, und der Kronfeldherr Tus,
Samt allen übrigen, mit ehrerbietigem Gruß,
Entgegen traten sie dem reitenden zu Fuß.
    Zu Fuß hernieder trat auch Rostem von dem Ross,
Grüßend, und im Geleit hinwandelt' er zum Schloß.
    Hinwandelten zum Schloß vergnügt und unbeklommen
Alle, sie waren froh, daß Rostem nur gekommen.
    So traten sie im Chor dort in die offne Halle
Des Throns, mit offnem Blick und offnem Herzen alle.
    Doch wie sie grüßend sich dem goldnen Thron geneigt,
Saß droben Keikawus finster und ungeneigt.
    Dem Ruf der Huldigung gab er die Antwort nicht,
Und schweigend wendet' er von ihnen sein Gesicht;
    Worauf er gegen Gew erst einen Schrei ausstieß,
Und gegen Rostem dann den Unmut frei ausliefeß:

Wer ist Rostem, daß er ein Wort aus meinem Munde
Mit Füßen tritt, und sich entziehet meinem Bunde?

Hätt ich ein Schwert zur Hand, ich wollte laßen tanzen
Vom stolzen Rumpf sein Haupt gleich einer Pomeranzen.

Tus, greife mir das Paar, und führe sie davon,
Bring an den Galgen mir Schwäher und Schwiegersohn!

Er riefs, und sprang vor Zorn auf seinem Thron empor,
Auflodernd ungestüm alswie ein Feur im Rohr.

Der ganze Kreiß umher der Fürsten war betroffen,
Daß seinen Zorn der Schah so durft auslaßen offen.

Tus zauderte und wagt' an Rostem nicht die Hand
Zu legen, da geriet Keikawus erst in Brand.

Er brüllte durch den Saal alswie ein Leu im Forste,
Und schrie vom Throne wie ein Adler kreischt vom Horste:

Verräter, wer die Hand nicht legt an den Verräter!
Ein Uebertreter, wer nicht greift den Uebertreter!

Fort mit ihm auf der Stell, aus meinen Augen fort!
Und sagt dagegen mir kein unverständig Wort!

———

52.

So schnaubt' er, und vor Leid dem Tus das Herz
        zerbrach,
Daß er an Rostem sollt anlegen Hand mit Schmach.

Er faßt' ihn, nur damit er ihn aus dem Gesichte
Dem Kawus brächte, bis man dessen Zorn beschwichte.

Die Fürsten staunten, wie er faßte Rostems Hand,
Und Rostem wars allein, der nichts davon empfand.

Denn Rostems Seele schwoll von Groll und Unmut voll,
Daß vor den Fürsten ihm der Schah das bieten soll!

Er richtet' um ein Haupt noch höher sich empor,
Und um die Schultern schien er breiter als zuvor.

Dann tat er seinen Mund zu kühnen Reden auf,
Frei gegen Kawus ließ er seinem Zorn den Lauf:
  Wer bist du, und wer ich, daß du so gegen mich
Darfst schnauben? auf der Welt bist du ein Schah durch
      mich.
  Droh mit dem Galgen doch dem Suhrab, der dich
      schreckt,
Dem Ritter nicht, der dir den Feind zu Boden streckt!
  Bin ich dein Untertan? Ich bin der Pehlewan
Des Reiches Iran und Fürst in Sabulistan.
  Ich bin Tehemten, der, wenn er den Fuß im Grimm
Stampft auf den Grund, der Grund erzittert unter ihm.
  Von meines Rosses Huf erhallt des Himmels Dom,
Und staunend still, wo es vorbeirennt, steht der Strom.
  Ich bin der Rostem, sieggekrönt und ruhmgeschmückt,
Der wol um einen Schah wie du den Kopf nicht bückt!
  Der Sattel ist mein Thron, der Helm ist meine Krone;
Ich spotte deiner Kron, und trotze deinem Throne.
  Wer ist Kawus, daß er an mir den Zorn auslaße!
Und wer ist Tus, daß er mich bei der Hand erfaße!
  Er riefs, und auf die Hand gab er solch einen Schlag
Dem Tus, daß er davon betäubt am Boden lag.
  Hin über ihn und durch die andern schritt er stracks
Zu Hall und Hof hinaus, und schwang sich auf den Rachs.

━━━

53.

Die Fürsten drängten aus dem Saal ihm hinterdrein,
Den Kawus ließen sie mit seinem Zorn allein.
　Sie eilten in den Hof, da saß der Rostem hoch
Auf seinem Sattel schon, und sprach vom Sattel noch:
　Heim reit ich nun sogleich nach Sabul, in mein Reich;
Dort bin ich König selbst, dem König Kawus gleich.
　Mag ohne Widerstand ganz Iran in die Hand
Von Turan fallen! ich behaupte wol mein Land.
　Mag euch wie den Hedschir Suhrab vom Rosse stechen,
Und wie das weiße Schloß die Königsburg hier brechen!
　Ich wehr ihm nicht, und wer wird ohne mich ihm
　　　wehren?
Euch allen rat ich, daß ihr mögt nach Hause kehren!
Kein edler Ritter dient solch einem Herrn mit Ehren.
　Ein Hitzkopf sollte doch die Herrschaft nie erwerben!
Er stürzt das Land und stürzt sich selber ins Verderben.
　O möcht ein Fürstensproß doch aus der Art nie schlagen,
Kein toller Sohn den Reif nach weisem Vater tragen!
　Hab ich den Keikobad vom Berg Albors gebracht
Dazu, ihn auf den Thron gesetzt durch meine Macht,
Daß Keikawus, sein Sohn, sich nun mir unnütz macht?
　Die Fürsten wißen, daß sie selbst zum König mich
Begerten! damals setzt ich ein als König dich!
　Und hätt ich dort gewollt annemen Kron und Reif,
So trügest du nicht jetzt den Nacken hoch und steif.
　Darum mishandle nur mit schnöden Worten mich!
Ich habs um dich verdient! warum erhöht ich dich?
　Doch dächten so wie ich die Fürsten, auf dem Thron
Ließen sie dich allein, und giengen auch davon.
　Lebt wol! in euerm Land seht ihr mich nimmer wieder;
Eur Land und euch kauf ich nicht um ein Krähengefieder!
　So rief er, und im Zorn gab er dem Rachs die Sporen,
Spornstreichs ritt er hinaus zum Hof und zu den Toren.
　Wol eine Meile Wegs ritt er auf Sabul zu,

Dann sucht' er gegen Nacht in einer Herberg Ruh.
    Sein Zorn kühlt' in der Nacht; er harrte, bis Sewar,
Sein Bruder, käme nach mit Sabulistans Schar.

———●———

Sechstes Buch.

54.

Die Fürsten sahn ihm nach, verstöreter Geberde;
Denn Rostem war der Hirt, sie alle seine Herde.
 Zu Guders sprachen sie: Guders! dieß ist dein Teil;
Durch deine Hand nur kann der Bruch uns werden heil.
 Der König hört von dir am ersten noch ein Wort,
Und deiner Söhne Heer sind ihm ein werter Hort.
 Geh hin zum Schah, und auf die Flamme seines Zornes
Spreng einen kühlen Thau aus Füllen deines Bornes!
 Sprich Worte lind und stark, ihm zur Beschwichtigung,
Zu dieser mislichen Ergangs Berichtigung!
 Gew, aber du sitz auf, und reit dem Schwäher nach,
Hol ihn uns ein, eh er nach Sabul heimfärt jach!
 Der Gew saß auf und ritt, zusammen saß der Rat
Der Fürsten, weil den Gang Guders zum Schloß antrat.
 Sie sprachen unter sich voll Kummer und Verdruß,
Daß heute nicht der Schah that, wie ein König muß;
 Daß er mit raschem Wort solch einen Mann gekränkt,
Den zu beleidigen ein Kluger sich bedenkt.
 Der Edlen Freundschaft müß ihm wol nicht nahe gehn,
Daß er so rücksichtlos beschimpft den Edelsten!
 Der auf den Thron ihn hob, und der in jeder Far
Die Stütze seines Throns und Irans Zuflucht war!
 Wenn an den Galgen er dafür will Rostem henken:
An was dann sollen wir, als schnelle Flucht nur, denken?
 Denn ohne Rostem ist in Iran uns kein Halt,

Erliegen werden wir vor Turans Kampfgewalt;
  Wenn nicht noch diese Nacht der Schah sich läßt erbitten,
Ihn zu besänftigen, eh er nach Haus geritten.
  So ratlos hielten dort die Fürsten ihren Rat,
Indess Guders hinan zum zorngen König trat.

———

55.

Er sah ihn auf dem Thron in düsterm Unmut sitzen,
Gleich einer Wolke, die sich hat erschöpft mit Blitzen,
  Geneigt, nachdem sie ausgewettert hat, zu regnen;
So wagte Guders ihm mit Worten zu begegnen:
  O Fürst, ein König ist Haupt über Volk und Land;
Der Kopf soll haben für den ganzen Leib Verstand.
  Wer guten Rat nicht hat, soll guten Rat annemen,
Und schlimmgemachtes gut zu machen sich nicht schämen.
  Du hast ein harsches Wort zum Schaden und zur
      Schmach
Entsendet, send ihm auf dem Fuß ein sanftes nach!
  Du hast mit raschem Wort solch einen Mann gekränkt,
Den zu beleidigen ein Kluger sich bedenkt.
  Nicht gegen Rostem hast du deinen Zorn bezämt;
Die Edlen, weil sie ihn beschimpft sehn, sind beschämt:
Gestumpft ist Irans Schwert, des Mutes Arm gelämt.
  Wenn jener Türke nun mit seiner Heermacht Wellen
Daherbraust, welchen Damm willst du entgegen stellen?
  Der Gesdehem, der all die Deinen groß und klein
Von Hörensagen kennt, und kennt von Augenschein,
  Sagt, daß dem Suhrab gleich in Iran kein Verwegner
Noch Turan sei, für ihn sei auf der Welt kein Gegner,
  Als Rostem, den du nun durch ungestüme Hast
Des Herzens dir, dem Land und uns entwendet hast!

Warum? weil einen Tag zulang er ausgeblieben,
Hast du ihn lieber gar auf immer fortgetrieben!
  Weil er drei Tage lang zu Haus uns hat gesäumt,
Sehn wir das Feld der Schlacht nun ganz von ihm geräumt!
  Die Fürsten alle, die Heil wünschen deinem Thron,
Die Fürsten all, o Fürst! Ferabors auch, dein Sohn,
  Einmütig haben sie zu deines Thrones Stufen
Mich hergesandt, zu flehn, Rostem zurück zu rufen!
  Ferabors schützt dich nicht, dein Sohn, o Keikawus,
Wie stark er sei, dich schützt nicht dein Kronfeldherr Tus,
  Noch all die andern sonst, die deinem Zepter fröhnen;
Ich schütze selbst dich nicht mit meinen achtzig Söhnen.
  Sie werden alle nicht schnell wie Hedschir erliegen,
Doch ohne Rostem sind wir nicht im Stand zu siegen.

56.

So sprach der edle Greis und schwieg, doch Kawus nam
Zu Herzen, daß der Rat aus gutem Sinne kam.
  Zu Guders sprach er: Wolgesprochen ist das Wort
Der Alten: Greisenmund voll Rates ist ein Hort.
  Mich reuts, es reuete mich schon, was ich im Kochen
Des ungestümen Bluts Verletzendes gesprochen.
  Geht schnell dem Rostem nach, den Ritter zu
        beschwichtigen,
Und bringt ihn her, damit wir das Versehn berichtigen!
  Mit großer Freude nam Guders das gute Wort;
Heil, rief er, sei dem Schah! und gieng in Freude fort
  Zur Ratsversammlung dort, die harrten ungeduldig
Ob huldig jetzt der Schah sei oder noch unhuldig.
  Denn unstet immerhin ist eines Fürsten Sinn;
Da stiftet Schaden bald ein Wort und bald Gewinn.

Das Wort ist gleich dem Oel, doch eines Königs Mut
Ist bald wie Meeresflut, und bald wie Feuerglut.

   Das Oel, gegoßen in die Flamm, erneut ihr Leben;
Gegoßen auf die Flut, macht es die Wogen eben.

   Drum waren hocherfreut die Fürsten allzusammen,
Daß dort auf Wogen traf das Oel, und nicht auf Flammen.

   Sie fühlten ihre Brust von einem Band entkettet,
Und von dem Dornenpfül auf Rosen sich gebettet,

   Als Guders Kunde gab, wie sich die Flut geglättet,
Und riefen eines Munds: Nun ist Iran gerettet!

   Zurückgewonnen ist dem Reich sein Pehlewan,
Der ihm des Sieges Bahn vorangeht auf Turan.

   Nun laßt den Ritter uns nur unterwegs einholen,
Eh noch in Sabul er vom Fuße schnallt die Solen!

———

57.

Zu Rosse stiegen sie, und ritten bei der Nacht
Hinaus, wo Botschaft schon dem Rostem Gew gebracht.

   Er hörte den Bericht vom Eidam an verdroßen,
Und blieb zur Heimkehr nach Sabulistan entschloßen,

   Sobald nur mit der Schar ihm käme nach Sewar;
Statt dessen stellten sich ihm jetzt die Fürsten dar.

   Zu bitten traten sie hinan zum Pehlewan,
Der, wie er nahn sie sah, aufstand sie zu empfahn;
Doch Guders trat voran, und hub zu bitten an:

   Wir bitten dich vom Schah, ich komm in seinem Namen;
Sieh alle Fürsten hier, die dich zu bitten kamen!

   Für Iran bitten wir, dess Pehlewan du bist,
Für Irans Volk, das dir zum Schutz empfolen ist;

   Für seine Jünglinge, die kämpfen lernen sollen,
Für seine Männer, die im Kampf dir folgen wollen;

Für seine Greise, die sich selber nicht mehr nützen,
Für seine Kinder, die sich noch nicht können stützen,
Für seine Fraun, die du versprochen hast zu schützen!
    Warum willst du zum Raub der Türken hin uns werfen,
Weil dich ein Königswort verletzt mit bittern Schärfen?
    Du weißt ja, daß Kawus hat wenig Hirn im Haupt,
Und heftger Zorn ihn oft des Sinnes gar beraubt;
Dann ist sein Wort nicht fein, wenn er im Unmut schnaubt.
    Er spricht geschwind ein Wort, das er geschwind bereut,
Worauf er schnell die Hand auch zur Versöhnung beut;
Er bietet sie durch uns, weis' uns zurück nicht heut!
    Ist doch kein giftges Schwert das Wort, das dich
        gestochen!
Und zürnest du dem Schah um das, was er gesprochen;
Doch die Iranier, was haben sie verbrochen,
    Daß du sie strafen willst für seinen Unverstand,
Dein Angesicht in Nacht abwenden ihrem Land?
Doch auch der Schah streckt dir entgegen seine Hand.
    Er ist der Schah, und hat zu lohnen und zu spenden;
Vergelten wird er dir mit voller Gnade Händen
Den Zorn und den Verdruß; Verdruß und Zorn laß enden!
    Und folg uns mit dem Rachs zu dem, der uns geschickt,
Dem Schah, der schon vom Thron nach dir erwartend
        blickt.

58.

Doch Rostem sprach: Er mag nach mir nur lange blicken!
Solch edle Boten hat er nun nicht mehr zu schicken.
    Wenn diese nicht an mir verdienten Botenbrot,
Wer tuts ihm dann? Er ist mir ganz und gar nicht Not;
Ich will nicht sein Geschenk, und will nicht sein Gebot.

Nach Sabul kehr ich heim, wo ich ein König bin
Wie Kawus, walten kann ich dort nach meinem Sinn.
Hier sind ja Ritter gnug, die Marken zu verteidigen!
Er soll nur alle wie den einen nicht beleidigen!
Ich aber zieh nach Haus, die Waffen leg ich nieder
In Frieden, und erheb im Leben sie nicht wieder
Zu Kampf und Schlachten, Blutvergießen, Mord und Wut;
Dem allem sag ich ab und hege Friedensmut.
Ich hab in Ehren lang genug das Schwert gefürt,
Und habe nun vom Schah den Lohn, der mir gebürt.
Warum half aus der Not ich ihm sooft, und bot
Die Hand, wenn Unverstand den Fuß ihm bracht in Kot?
Dafür hat er mir mit dem Galgen nun gedroht;
Weil ich ihm aufgetan einst in Masenderan
Den Kerker, wohinein sein Unsinn ihn getan;
Als von den Zauberern, Schwarzkünstlern und Dämonen
Er sich hinlocken ließ, die dort im Lande wohnen.
Des Landes Frühlingsglanz und goldner Schätze Reiz
Verlockte seine Lust, verlockte seinen Geiz,
Bis er mit seinem Heer und euch, ihr Fürsten, allen
Dort war in die Gewalt der bösen Macht gefallen:
Wer mußt euch da befrein, als ich, aus Teufelskrallen?
Doch was ich sonst getan für ihn und sein Iran
Und euch, ihr wißt es noch: was gehts mich ferner an?
Ich eile nun im Nu zur langen Waffenruh,
Und meine wol, ich bin nicht mehr zu jung dazu.
Ein Adler, der sich schwang wol ein Jahrhundert lang
Zur Sonn, am Ende wird ermatten auch sein Drang.
Als ich aus Sabul ritt, da war mir schwer zu Mut,
Als wär mir dießmal in den Krieg zu ziehn nicht gut.
Auch stolperte mein Rachs, dem nie ein Tritt misglückt,
Und Helm und Schien hat mich zum erstenmal gedrückt.
Jetzt auf dem Heimweg ist mir leichter in der Nacht,
Und freudewiehernd hat den Rückritt Rachs gemacht.
Geht heim zum Schah, sagt, daß ihr mich nicht

mitgebracht!

59.

Doch Guders sprach: Ist das, Rostem, dein letztes Wort?
Und also sendest du mich und die Fürsten fort?

Was wird der Schah von dir, was werden Edle denken?
Unedle gar, worauf wird sich ihr Denken lenken?

Vor jenem Türken ist der Held von Iran scheu;
Den alten Löwen schreckt vom Berg der junge Leu.
Held Rostem fürchtet sich! das ist an Rostem neu.

Wer, wenn er flieht, soll stehn? wer, wenn er wankt, soll
    dauern?
Wer, wenn er zagt, soll gehn zum Kampfplatz ohne
    Schauern?

Denn, wie ihn Gesdehem beschrcibt, ist kein Verwegner
Dem Suhrab gleich, für ihn ist auf der Welt kein Gegner,

Als Rostem, Sabuls Held; und wenn nun Rostem flieht,
Wer soll verteidigen vor Suhrab das Gebiet?

So muß dem Adler, der sich ein Jahrhundert lang
Zur Sonne schwang, am End ermatten auch sein Drang!

Drum war ihm, als er ritt aus Sabul, schwer zu Mut,
Als wär ihm dießmal in den Krieg zu ziehn nicht gut!

Drum stolperte sein Rachs, dem nie ein Tritt misglückt,
Und Helm und Schien hat ihn zum erstenmal gedrückt!

Jetzt auf dem Heimweg ist ihm leichter in der Nacht,
Und freudewiehernd hat den Rückritt Rachs gemacht!

Am Hofe hör ich schon von Rostem dieß Gerede
Und in der Stadt; wo bleibt dein Ruhm in dieser Fehde?

Willst du nicht unsern Wunsch und deines Schahes
    stillen,
Tu's nur um deines Ruhms, um deines Namens willen!

Doch Rostem sprach: daß Furcht nie Rostems Herz
     empfand,
Und nie empfinden wird, das weiß wol dieses Land.
    Wie aber kann ich hier mit gutem Willen bleiben,
Da mich von hinnen selbst des Schachs Scheltworte treiben?
    Guders mit Nachdruck sprach: Wenn dich sein Wort
     vertrieb,
Sein Wort ruft dich zurück; so folg ihm, uns zu lieb!
    Rostem mit Zögern sprach zu seinem Tochtermann:
Gew, sattle mir den Rachs, weil ichs nicht weigern kann.
    Nach Hause kann ich nun allein nicht, weil Sewar,
Mein Bruder, wie es scheint, nicht nachkommt mit der
     Schar.
    Gew sattelte geschwind, und alle saßen auf,
Den Rostem führten sie zur Stadt im Siegeslauf.

60.

Zu Hofe führten sie im Zug den Pehlewan,
Die Pforten fanden sie weit offen aufgetan.
    Als er ihn kommen sah, der Schah eilt' aufzustehn,
Und mit Entschuldigung entgegen ihm zu gehn.
    Er sprach: Die Heftigkeit ist mir zur Art gegeben;
Und wie uns Gott gepflanzt, so wachsen wir im Leben.
    Von diesem neuen Feind, der uns so plötzlich kam,
Stieg Unmut mir ins Haupt, der mir den Sinn benam.
    Du aber bist der Hort des Reichs, des Heeres Rücken;
Auf dich nur sind gelegt die Sorgen, die mich drücken.
    Du bist der Edelstein, dem Glanz die Krone dankt;
Du bist der Fels, auf den gebaut der Thron nicht wankt.
    Dein Wolsein ists, worauf ich früh den Becher leere,
Und dein Wolwollen, was ich in der Nacht begere.

Mit deiner starken Hand halt ich den Herrschaftstab;
Wir beide stammen ja gerad von Dschemschid ab.

Kein andrer steht so nah dem Herzen und dem Thron;
Mein Leben und mein Reich dank ich dir vielmal schon;
Und nur mein Dank allein ist deiner Taten Lohn.

Stehst du bei mir, so mag die Welt entgegenstehn;
Statt aller wünsch ich nur als Helfer dich zu sehn.

In dieser Kampfnot auch begert ich dein vor allen;
Und wie du zögertest, hat mich der Zorn befallen.

Doch als beleidiget du giengst, o Pehlewan,
Hat mir die Reu sogleich den Staub aufs Haupt getan.

So sprach der Schah und schwieg; doch Rostem sprach:
      die Welt
Ist dein, ich bin darin zu deinem Dienst bestellt.

Gehorchen meine Pflicht, Befelen ist dein Recht;
Ich beuge mich, du bist der Herr, ich bin der Knecht,

Bereit, wohin du rufst, auf deinen Ton zu gehn,
Der Diener niedrigster an deinem Thron zu stehn.

Verpflichtet deinem Hof bin ich zu Dienstentrichtung,
Dafern ich würdig bin so ehrender Verpflichtung.

Und wäre Leben mir noch tausend Jahr verliehn,
So werd ich nie vor dir des Dienstes Gurt ausziehn.

———

61.

Zu Rostem wieder sprach der Schah: O Pehlewan!
Die Seele bleibe dir hell ewig aufgetan!

Nie werde dir die Hand, das Schwert zu füren, schwächer,
Und nie miss' Irans Land den Ritter und den Rächer!

Die neuen Dienste, die du wirst im Kampfe tun,
Wie lohn ich sie? noch unbelohnt sind alte nun.

Was biet ich heute dir als Gast- und Ehrengabe?

Was hab ich, das ich nicht durch deinen Beistand habe?
Was hab ich, das, o Held, du nicht schon selber hast?
In Sabul ist dein Reich und fürstlicher Palast.
Du hast das beste Ross, das schönste Sturmgewand,
Du hast das stärkste Schwert, dazu die stärkste Hand.
Du bist mit allem ausgerüstet unvergleichlich,
Im Felde wie zu Haus versehn mit Schätzen reichlich.
Rostem, was schenk ich dir an diesem Freudentag?
Wähl ein Geschenk dir selbst, was ich dir bieten mag!
Rostem verneigte sich und sprach: Ich wills bedenken;
Inzwischen mag der Schah mir seine Gnade schenken!
Er sprachs, da freuten sich die Fürsten groß und klein,
Da sie gestiftet sahn so gütlichen Verein.
Zu Guders sprach der Schah: Dir dank ich es, daß du
Mir noch vor Schlafengehn ins Haus gebracht die Ruh.
Doch Rostem trat zu Tus, dem tat er nun genug
Dafür daß unsanft erst er auf die Hand ihm schlug.
Der Schah rief: bringet Wein und Saitenspiel herein!
Denn ohne Sang und Klang soll diese Nacht nicht sein.
Zum Kampf mit Suhrab ziehn wir morgen mit dem Tage,
Und feiern im Gelag heut seine Niederlage.
So rief er; und zum Fest ward Wein hereingebracht
Und Saitenspiel, und hell und klangvoll ward die Nacht.
Wie Frühlingsgartenpracht war aufgeschmückt das Maal,
Und Lust war wie ein Bach ergoßen durch den Saal.

62.

So saßen sie im Haus des Königs nun beim Schmaus;
Da gieng ein froh Gerücht vom Hof zur Stadt hinaus,
Das durch die Straßen lief, und durch die Häuser rief,
Grüßte, was wach noch war, und weckte, was schon schlief.

, kam, und der den Gruß vernam,
Jeder, zuavon alsbald der Kummer und der Gram,
Dem sch die Freudigkeit. Nun aber war beim Wandern
Undie Gerücht begegnet einem andern,
Das fr so traurig anzusehn als jenes froh;
Dhe hielt es an, eh es ins Dunkel floh.
D tat das fröhliche Gerüchte seinen Mund
. Lachen auf und sprach: wer bist du? tu mir kund!
Und jenes sprach: Ich bin das traurige Gerüchte,
Daß Rostem, von Kawus gekränkt, aus Iran flüchte.
Das ist die Botschaft, die durch Stadt und Land ich trage,
Und jeder wird betrübt, dem ich die Zeitung sage.
Da sprach das fröhliche: Nun streue keinen Frost
Der Furcht umher! sei still! denn falsch ist deine Post.
Die Wahrheit sag ich dir: Held Rostem sitzt beim Schmaus
Mit Kawus heut, und zieht zum Kampfe morgen aus.
Unglaubig schüttelte das traurige Gerücht
Sein Haupt, es glaubte nicht den fröhlichen Bericht.
Aber das fröhliche geriet in Zorn, und rang
So mit dem traurigen, bis es den Feind bezwang.
Das traurige Gerücht vom fröhlichen danieder
Geschlagen lag, und stand die Nacht durch auf nicht
    wieder.
Froh seines Sieges gieng das fröhliche vondann,
Und wo es gieng und stand, ward fröhlich Weib und Mann.
Abwechselnd sprach es ein in Häusern groß und klein,
Willkommen überall, beliebt wars allgemein.
Und jeder, dem es noch vor Schlafengehn gebracht
Ins Haus die Kunde, schlief dann beßer in der Nacht.

63.

Sie aber saßen noch beim frohen Maal und t̶
Bis sie, vom Wein bekämpft, dem Schlaf zur Beute
Doch morgens, als die Sonn ihr goldenes Panier n̶
Aus Purpurvorhang hob zur Decke von Safier;
Als auf der stillen Flur der Hirt in seinem Pferche
Mit seiner Herd erwacht' am Morgenlied der Lerche:
Da ward die Stadt erweckt von drönendem Metall,
Von rauhen Erzes Mund und von Heerpaukenschall.
Da drangen mit Geschrei Kriegsvölker rings herbei,
Siegsmutig, daß nunmehr bei ihnen Rostem sei.
Vom eignen Fürer ward gefürt jedwede Schar
Aus Iran, und es fürt' aus Sabul die Sewar.
Rostem, der Pehlewan, ritt auf dem Rachs allein;
Nicht einer Schar, dem Heer gehört' er allgemein.
Doch jeder Schar den Platz wies an der Feldherr Tus,
Und Sold aus seinem Schatz der König Keikawus.
Mit Lust sah Keikawus vorbeiziehn jede Schar,
Die vom Feldherren Tus ins Feld entboten war.
Er freute sich des unzählbaren Heergedränges,
Der kaiserlichen Macht, des fürstlichen Gepränges.
Da freut' er sich sosehr an keiner tapfern Schar,
Als daß der tapferste beim Heere, Rostem, war.
Die Rosse wieherten, es schmetterten Trommeten,
Die Fahnen flatterten, die Fart ward angetreten.
Gleich einem Meere kam die Menschenflut in Gang,
Dem festen Lande ward vor Ueberschwemmung bang.
Die Berge zitterten, gestampft von ihrem Hufe,
Und Wolken splitterten, gesprengt von ihrem Wufe.
Die Sonne sah ihr Bild verhunderttausendfacht
In jedem blanken Schild, in jeder Rüstung Pracht.
So stieg der Waffen Glanz und so ihr Schall empor,
Daß jedes Auge blind, und taub ward jedes Ohr.
So nickte Helm an Helm, und schwankte Busch und
        Feder,
Alswie, vom Sturm bewegt, auf Bergen Tann und Zeder.

So ragten, Reih an Reih, die dichtgedrängten Speere,
Alswie auf gutem Feld sich dränget Aehr an Aehre.
  Geschmückt schien, wo das Heer im Schmuck der Waffen
          fur,
Mit einem wandelnden Glanzfrühlinge die Flur.
  So blühte, wo es zog, die Au; doch wo vorbei
Es war gezogen, blieb dahinter Wüstenei;
  Denn abgeweidet ward manch Saatenfeld, und leer
Getrunken mancher Bach vom Ross- und Menschenheer.
  So zog das Heer zur Grenz in ungehemmtem Lauf,
Und nah der weißen Burg schlug man das Lager auf.

Siebentes Buch.

64.

Dem Suhrab sagtens an Wachtposten, daß nun kam
Das Heer, und er vernam die Meldung ohne Gram,
  Vielmehr mit Freude, weil es ihn verdroß, so lange
Hier oben auf den Gast zu warten zum Empfange.
  Denn alles hatt er längst für solchen Gast bereit,
Die feste Burg, sein Heer, und seine Tapferkeit.
  Er nam den Baruman, der an den Wällen baute,
Und fürt' ihn schnell hinauf, wo man ins Freie schaute.
  Dort mit dem Finger zeigt' er deutend, Schar um Schar,
Dem Baruman das Heer, an dem kein Ende war.
  Wie sich ein Habicht freut, den großen Flug der Tauben
Zu sehn, von dem er sich nach Lust will eine rauben;
  Es schreckt ihn nicht zumal die Meng, ihn freut die Zal,
Daß von so vielen er soll haben freie Wal:
  So freute Suhrab sich, das junge Heldenblut,
Der gegen ihn zum Kampf gezognen Menschenflut.
  Doch Barman, wie er sah das große Heer, ward klein
Das Herz ihm, und vor Furcht zog er den Atem ein.
  Zu dem erblaßten sprach der junge Held mit Scherz:
Bring Farb auf deine Wang, und an sein Fleck dein Herz!
  Sieh, wie im Waffenglanz das Lager ist entglommen!
Soviele sind um Ruhm zu bringen mir gekommen!
  Der Ruhm ist ewig mein, und würd ich auch erliegen
So großem Heer; doch hab ich Mut es zu besiegen.
  Solch eine Menschenflut, wie eines Weltmeers Wogen,

Ist gegen einen Fels im Sturm heran gezogen!
    Aus seiner Ruhe ward Keikawus aufgestört,
Als meinen Namen er in Istachar gehört.
    In Schreck und Hast hat er um seinen Thron gerafft
Zusammen jeden Schaft und jedes Armes Kraft;
    Und hergezogen kommt er nun mit allen Helden
Von Iran, deren Preis in Turan Lieder melden.
    O sage, siehst du nicht dort im Gedränge dicht
Solch einen Mann, mit dem am liebsten Suhrab ficht!
    Solch einen, der nie bricht die Lanz an einem Wicht,
Und der vom Sattel gern nur seines gleichen sticht!
    Wovon der Ehre Licht hinfort mein Angesicht
Bestralt, wenn ich vor ihm bestanden mit Gewicht!
O siehst du, gib Bericht, solch einen Mann mir nicht?
    So fragt' er ungestüm, doch nicht beim Namen wollte
Er nennen jenen, der sobald ihn fällen sollte.

———

65.

Darauf sprach Baruman: Ich sehe mehr als einen,
Der Ehre bringen kann; doch welchen magst du meinen?
    Dir lodert hoch der Mut wie eine Feuerglut;
O falle nicht dein Brand in kalte Waßerflut!
    Der Feuerbrand, wenn er ins Waßer fällt, so zischt
Er ungestüm und braust, qualmt unmutvoll und lischt.
    Nie fühle Furcht ein Mann, jedoch Feind und Gefar
Acht er niemals gering; das Glück ist wandelbar.
    Soweit es will, führt dichs ohn Anstoß; willst du weiter
Um einen Schritt, so stockt das Ross und stürzt der Reiter.
    In Frieden schlief der Krieg, du hast ihn aufgeweckt;
Weißt du, nach welcher Beut er seine Krallen streckt?
    Darum, wenn du mich siehst erzittern: nicht für mich,

Für alle, die das Loß kann treffen, zitter' ich;
   Ich zitter' auch für dich, weil dich es treffen kann;
Denn wo das Unglück wält, wälts nicht den schlechtsten
     Mann.
   Geh mannhaft in den Kampf, und dem Afrasiab
Trag ab dafür den Dank, der dir die Heermacht gab!
   Halt, von der Burg gedeckt, und an die Burg gelehnt,
In Schirm das Heer; und wenn dein Herz nach Ruhm sich
     sehnt,
   So ruf zum Einzelkampf solch einen Mann für alle,
Mit welchem, wenn er fällt, der Stolz von Iran falle!
   Ruf einen nur, den du vor allen siehest ragen,
Und fäll ihn ohne viel zu sagen und zu fragen.
   Sag ihm nicht, wer du bist; frag ihn nicht, wie er heißt;
Bis das Geheimnis ihm dein blutig Schwert entreißt. –
   So sprach er wolbedacht, mit Wahrem Falsches mischend,
In Rates Honigseim Verrates Gift auftischend.
   Den Rostem nannt er nicht, vor Rostem zittert' er,
Noch von Masenderan kannt er den Rostem her.
   Den Rostem wollt er nun und Rostems Sohn verderben,
Zwei solche Helden! das zwang ihn sich zu verfärben.
   Doch Suhrabs Seele war von reinem Mut erglüht,
Darum der Rose gleich war seine Wang erblüht.
   Vom Walle stieg er froh hinab, vom Schenken nam
Er einen Becher Wein und leert' ihn ohne Gram.
   Dann rüstet' er ein Maal mit Lauten und mit Leiern,
Um in der Freunde Kreiß des Feinds Ankunft zu feiern.

66.

In Irans Lager war inzwischen Zelt an Zelt
Gepflanzt, und drein gedrängt das Leben einer Welt.

Es war als müßte Raum den Rossen und Kamelen
Und Elefanten all, geschweige Futter, felen.

Doch wie der Lagerwald begann nach allen Seiten
Zu wachsen und im Kreiß den Umfang auszubreiten,

Schloß Reih an Reihe sich geschickt, und sie vergaßen
In ihrer Zeltstadt auch Marktplätze nicht und Straßen.

Da wogte bald Verkehr geschäftig hin und her,
Und die Verwirrung ward zur Ordnung immer mehr.

Die Sonne gieng hinab am abendlichen Himmel,
Und sah mit Staunen noch auf Erden das Gewimmel.

Da fanden Dach und Fach nun alle nach und nach,
Und über allen war des Himmels dunkles Dach.

Doch als an seinem Ort sich jeder eingetan,
Da trat zum Schah sofort des Reiches Pehlewan,

Und Rostem sprach: ich will nicht hier im Lager rasten,
Dort oben auf der Burg will ich bei Suhrab gasten.

Mein Herz hat keine Ruh, bis meine Augen haben
Gesehn von Angesicht zu Angesicht den Knaben.

Den Türkenknaben, den uns mit soviel Geschrei
Der Ruf genannt hat, will ich ansehn, wer er sei,

Ob wert der Mühe, daß ich auf den Rachs mich schwang,
Und eine Ehre mir, wann ich ihn niederrang.

Gewesen bin ich selbst vordem in Türkenland,
Anlegen will ich nun ein türkisches Gewand.

Darunter soll nicht, wer mich nicht beim Lichte näher
Besieht, so leicht erspähn, daß Rostem sei der Späher.

Kawus! dein Lager ist von deinem Volk verwart;
Gib, ich bin müßig hier, Urlaub zur Nachtausfart!

Mit Lachen sprach der Schah: Stets wird das
        Krongeschmeide
Von Iran Rostem sein, auch unterm Türkenkleide.

Am Tage nicht der Schlacht des Heeres Arm allein,
Du willst auch in der Nacht desselben Auge sein.

Geh unter Gottes Schutz! in welchem Waffenputz
Du gehn magst, unserm Reich und dir gereichs zu Nutz!

67.

Um seine Schultern nam ein Kleid nach Türkenart
Tehemten, und begab sich heimlich auf die Fart.
    Den Panzer und den Helm und jedes Waffenstück
Ließ er im Zelt, sogar sein Schwert ließ er zurück.
    Deswegen fühlte sich der Held zu Hieb und Streich
Nicht wehrlos; denn sein Arm war einer Keule gleich.
    Er gieng bis er hinan zum weißen Schloße kam,
Und drinnen das Geschrei der Türken schon vernam.
    Durchs Tor stracks in den Hof gieng Rostem ohne Scheu,
Wie in den offnen Stall der Rinder Nachts ein Leu,
    Beim ländlichen Gehöft im Felde, wo die Hirten
An einem Feiertag sich in der Nacht bewirten,
    Und denken nicht bei Saus und Braus und Schmaus
        daran,
Daß sie dem Feinde nicht die Stalltür zugetan.
    Da geht er in den Stall, wo ihre Rinder sind,
Hinein, und trägt davon das schönste stärkste Rind.
    Es brüllt, im Rachen schon des Löwen, voll Verzagen,
Und alle springen auf, den Raub ihm abzujagen;
Er aber hat den Raub in Sicherheit getragen.
    Sie kehren leer zurück und traurig, für den Rest
Der Nacht ist nun gestört der Hirten Freudenfest.
    So gieng durchs offne Tor, geöffnet durch Betören,
Rostem hinein, das Fest der Türken drin zu stören.
    Er sah den weiten Hof erfüllt von Fackelglanz,
Von lärmendem Gelag, Gesang und Spiel und Tanz.
    Denn Suhrab hatte dort das nächtge Fest bestellt,
Und all die Edelsten des Heeres sich gesellt.
    Doch Rostem wich dem Glanz der Lichter aus, und sah
Vom dunklen Winkel fern im Hellen alles nah.

68.

Da saß beim frohen Fest, in Mitte Fackelscheins
Und Lautenklangs, Suhrab, und trank die Becher Weins.
  Auf seinem Haupte trug er, statt den Helm, den Kranz;
Er war ein Glanz, und war bestralt vom hellen Glanz.
  Er blühte wie ein Reis von Schönheit und von Lust,
Von Jugend und von Kraft geschwellt war seine Brust.
  Hoch hob er stolz das Haupt, und seiner Augen Stral,
Umgehend in die Rund, erleuchtete das Mal;
Da überzält' er froh die unzälbare Zal
  Der Kriegsgefärten, die um ihn im Kreiße saßen
Als Trinkgenoßen nun, und ihren Wein vergaßen
Vor Staunen, wie sie ihn sahn prangen solchermaßen.
  Da riefen sie laut einmal übers andre Preis
Und Heil, Lobpreis und Heil dem blühnden Ehrenreis!
  Die Sterne selber sahn vom hohen Himmel nieder
Mit Wolgefallen auf die hohen Heldenglieder;
  Allein sie schienen ihn mitleidig anzusehn,
Weil er ein Stern war, der so früh sollt untergehn.
  Da sprach ein Himmelsstern zum andern mitleidvoll:
Schad um die Blüte, die im Lenz hinwelken soll!
  Soviel des Schönen schon auf Erden sahn wir prangen,
Und eh wir einen Blick verwendet, wars vergangen.
  Doch keine Knospe sahn wir glänzender und heller
Aufgehn, um trauriger dahinzugehn und schneller.
  Wenn seine Mutter doch, die ihn, ihr einzig Glück,
Entsendet hat, und nie daheim empfängt zurück,
  Wenn seine Mutter ihn mit unsrer Augen Stral
Noch einmal könnte sehn bei diesem Freudenmal,
  In seiner Lust und und Kraft, den Baum im frischen Saft,
Den morgen schon villeicht dahin sein Schicksal rafft!

'69

So sprachen von dem Stern des Festes dort die Sterne
Des Himmels; eine Gunst erzeigten sie ihm gerne.

Da namen sie von Duft und Glanze, was im Raum
Von Erd und Himmel war, und woben einen Traum.

Wie einen Teppich bunt, mit reichem Gold gestickt,
Der Braut ein Bräutigam aus fernem Lande schickt,

Auf welchem sie erblickt mit staunendem Gefallen
Die Bilder abgeprägt von jenen Dingen allen,

Die ihr Geliebter selbst nun sieht in fremden Räumen,
Die Vögel unbekant auf unbekanten Bäumen;

Und so wie sie den Schmuck betrachtet, ist es ihr,
Sie reise dort mit ihm, er ruhe bei ihr hier:

Ein solcher Abdruck war vor allem eingewoben
Dem Traumgewebe, das die Sterne dort erhoben.

Leis hoben sie empor das glänzende Gewebe,
Und gaben es der Luft zu tragen, daß es schwebe

Nach Turan, wo im Schlaf die Mutter Suhrabs lag,
Da sah sie einen Traum so hell als wär es Tag.

Beim nächtlichen Gelag sah sie den Sohn da sitzen,
Den Becher in der Hand von Edelsteinen blitzen,

Sah seine Wangen blühn, und seine Lippen glühn,
Und seine Augen sprühn; ganz war er stolz und kühn;
Wie freut' es sie zu sehn ihr Reis der Hoffnung grün!

Gewachsen schien er ihr selbst in der kurzen Zeit,
Daß sie ihn ausgesandt, an Kraft und Herrlichkeit.

Sie sah auf ihren Sohn umher im Kreiß der Lichter
Gekehrt bekante viel und unbekante Gesichter;

Die alle sah sie hell in heitrer Freude funkeln,
Doch seinen Vater sah sie nebenaus im Dunkeln.

Sie war betrübt, es nam sie Wunder, warum nicht
Rostem zu seinem Sohn vortreten wollt ans Licht.

Doch wie ein Wolkenschaur so flog ihr Gram vorbei;
Sie freute sich, daß nah dem Sohn der Vater sei:

Er würde, wenn er nur säh das Erkennungszeichen,

Dem Sohne freudig nahn und ihm die Hände reichen.

━━━

70.

Von Suhrabs Mutter ward inzwischen so geträumt,
Er aber saß beim Fest vergnügt und aufgeräumt.
  Er trank, und hieß im Kreiß die Trinkgenoßen trinken;
Zwei aber saßen ihm zur Rechten und zur Linken.
  Zur Linken Baruman, den ihm Afrasiab
Aus Turan nicht aus Lieb und nicht zum Heil mitgab;
  Zur Rechten aber Send, den hatte mitgegeben
Dem Sohn die Mutter, die ihn liebte wie ihr Leben.
  Der war vom Königshaus Semengans ihm ein Vetter,
Und werden sollt er ihm im fremden Land ein Retter.
  An allen Gliedern stark war er und hoch von Wuchs,
An allen Sinnen scharf, von Augen wie ein Luchs.
  Er sah bei Nacht alswie bei Tag; und zu dem End
Entsendete sie auch mit ihrem Sohn den Send,
  Damit, wenn Suhrab nun gekommen in die Nähe
Von Rostem wäre, Send den Vater ihm erspähe.
  Er hatte Rostem selbst gesehn an jenem Tag,
Wo in Semengans Schloß er saß beim Gastgelag,
  An jenem Abende, wo in der Nacht ihm kam
Tehmina, die als Weib er in die Arme nam.
  Den Suhrab zeugt' er ihr, und als der Morgen graute,
Ritt er von dannen, den nie mehr die Gattin schaute.
  Nun sandte sie den Sohn, den Vater dort zu schaun,
Und alles sagte sie dem Vetter im Vertraun.
  An Suhrabs Seite nun trank er den Wein mit Schweigen,
Und dachte, morgen woll er ihm den Vater zeigen!

━━━

71.

Send aber sendete den Blick umher des Luchses,
Und nam im Dunkeln war die Lauer eines Fuchses.
    Er sah dort einen Mann, der ihm verdächtig schien,
Stand auf vom Sitz und gieng, um zu besehen ihn.
    Da fand er einen Mann, von Ansehn ganz gewaltig
Und riesenmäßig, elefantenleibgestaltig.
    Niemals erinnert' er sich einen solcher Art
Mit Augen je gesehn zu haben und gewart;
    Es wäre denn allein Rostem, an jenem Tag,
Wo in Semengan er ihn sah beim Gastgelag.
    Doch dieser trug am Leib ein türkisches Gewand;
Wiewol sein Blick an ihm nicht Türkensitte fand.
    Send rief ihn an: He da! warum hier also schleichst du
Im Finstern, guter Freund, und aus der Hell entweichst du?
    Kehr einmal dein Gesicht her gegen mich ans Licht!
Gib Antwort! – Aber Antwort gab ihm Rostem nicht.
    Da streckte kühn, um ihn zu greifen, Send die Hand,
Und fortziehn wollt er ihn am türkischen Gewand.
    Tehemten aber zuckt' empor des Armes Keule,
Womit er schon im Kampf geschlagen manche Beule;
    Damit gab er dem Send solch einen Schlag aufs Haupt,
Daß Send am Boden lag leblos des Sinns beraubt.
    Suhrab indessen saß beim Mal, und Wunder nam
Es ihn, wo Send hingieng und noch nicht wieder kam.
    Deswegen vom Gesind entsendete behend
Er einen, nachzusehn, wohin gekommen Send.
    Der abgesendete lief eilig hin, und fand
Dort leblos sinnberaubt den Send gestreckt im Sand.
    Der Diener lief bestürzt zum Herrn zurückgewendet,
Laut rief er aus: Der Send ist in den Tod gesendet;
    Für Send ist aus der Schmaus, und das Gelag geendet.
    Entsetzt vom Sitze sprang Suhrab, und eilte jach
Dahin, ihm eilten all des Festes Fackeln nach.

Bei aller Lichter Glanz sah da Suhrab erschlagen
Den lieben Freund; von wem? das kont ihm niemand sagen.

72.

Doch Suhrab rief: O weh! gebrochen ist ins Rund
Der Herde Nachts ein Wolf, weil Hirte schlief und Hund;
    Der Widder stolzesten hat er zu seinem Raub
Erkoren, nieder ihn geworfen in den Staub!
    Verschlafne Hirten, auf! und unwachsame Hunde!
Nun nach dem Räuber macht mir im Geheg die Runde!
    Da spürten sie mit Macht umher rings in der Nacht;
Es hatte sich der Wolf längst aus dem Staub gemacht.
    Doch Suhrab kam zurück zu seinem Platz beim Feste;
Da saß er traurig nun, und traurig alle Gäste.
    Er sprach: Es freuet mich nun hier der Sitz nicht mehr;
Denn mir zur rechten Hand der Platz ist traurig leer,
    Wo der geseßen, den zum Freund mir mitgegeben
Die Mutter selber, die mich lieb hat wie ihr Leben.
    In Iran sollt er hier den Vater kund mir tun;
Er kont es ganz allein; wer tut nach ihm es nun?
    Er sprachs, und aus der Hand ließ er den Becher sinken;
Da schämte jener sich, der saß zu seiner Linken.
    Sich schämte Baruman, den dort Afrasiab
Dem Suhrab nicht aus Lieb und nicht zum Heil mitgab.
    Er hätt ihm auch wie Send den Vater können zeigen;
Er kant ihn ja! doch mußt und wollt ers ihm verschweigen.
    Doch Suhrab rief, und hob den vollen Becher hoch:
Ich trink in dieser Nacht den letzten Becher noch,
    Mit blutigem Gelübd erfüllt, anstatt mit Wein,
Daß Sends Ermordung nicht soll ungerochen sein!
    Den Mörder Sends will ich erforschen, wer er sei,

Ihn morden für den Mord, wohnt soviel Kraft mir bei!
Wonicht, so werde Gift der Wein mir in den Adern,
Und jeder Tropfe Blut soll mit dem andern hadern!
Doch nicht mit Einem sei die Schuld ihm abgetragen;
Zur Sühne Sends will ich ein ganzes Heer erschlagen.
Allein vor allen soll erfahren meinen Groll,
Wer Send erschlug, versehrt hat er mich schmerzensvoll.
Er riefs, und wußte nicht, auf wen er also grollte,
Und daß er nicht den Schwur an ihm erfüllen sollte.
Dann brach er auf vom Fest, um in den nächtigen
      Schatten
Bei Fackelglanz den Send mit Ehren zu bestatten.

73.

Doch Rostem kam, als er vom weißen Schloß entrann,
Ans Lager, wo die Wacht hielt Gew, sein Tochtermann.
Der wußte nicht, daß in der Nacht sein edler Schwäher
Im Türkenkleid hinaus gegangen war als Späher.
Als nun ein Mann herbei im Dunkeln kam, tat er
Vom Posten einen Schrei, und unter Wehr trat er.
Als Rostem merkt', es sei sein Eidam, froh naht' er.
Im Laufe tat er ihm entgegen einen Wuf,
Und Gew erkante gleich den Rostem an dem Ruf.
Erstaunt sprang er hinzu, und grüßt' ihn: Alter Held,
Wo bist umher gerannt zu dieser Stund im Feld?
Hast du mit Geistern deinen Bund gemacht bei Nacht,
Mit Zauberweihungen dich vorgestärkt zur Schlacht?
Denn mit Dämonen hast du kämpfend viel verkehrt;
Die haben wol ein Stück von Schwarzkunst dich gelehrt,
Daß, ohne Furcht und Leid, du ohne Heergeschmeid,
Dich aus dem Lager stilst in einem Türkenkleid!

Doch Rostem sprach: So ist die Sach! in dieses Tuch
Gewickelt, macht ich auf der Burg den Nachtbesuch.
  Ich wollte mir daselbst den jungen Mann besehn,
Um dessen willen dieß Heeraufgebot geschehn.
  Fern sah ich ihn, und gern wollt ich ihn sehen näher;
Doch mich den Späher hat erspäht ein andrer Späher.
  Der wollte mit Gewalt ans Licht mich ziehn am Kragen;
Im Dunkeln hab ich ihn mit dieser Faust erschlagen.
  Ich kam nicht sanfter los von ihm, es tat mir leid;
Doch nun verdrießt am Leib mich dieses Türkenkleid.
  Schaff mir ein persisches, damit mich nicht die Hunde
Anbellen, wenn ein Türk im Lager macht die Runde!
  So sprach er, und geschwind bracht ihm der Tochtermann
Ein persisches Gewand, das legt' er eilig an.
  Er warf das Türkenkleid von sich mit Unbehagen;
Fast wollt er lieber, daß ers nicht bei Nacht getragen,
  Als ahnet' er den Lohn, den diese Tat ihm trug:
Denn sich tat ers zu Leid, daß er den Send erschlug.
  Zu Kawus gieng er nicht, um ihm, was er vollbracht,
Zu sagen; in sein Zelt gieng er, und schlief die Nacht.

Achtes Buch.

74.

Doch als vom Morgen ward der Himmel aufgetan,
Stieg Suhrab auf der Burg zur höchsten Wart hinan,
  Zur vordersten, wo ganz sich Irans Lager zeigte,
Auf das er sich hinaus begierig spähend neigte.

  Dann rief er: Bringet hier herauf mir den Hedschir!
Befragen will ich ihn ums Feindeslager hier.

  Weil Send gestorben ist, der heut mir Rostems Zeichen
Kund sollte tun, villeicht tut mir Hedschir desgleichen.

  Und als ihm ward Hedschir gefeßelt vorgeführt,
Sprach er, nachdem er ihn mit eigner Hand entschnürt:

  Hedschir, ich neme dir die schweren Feßeln ab,
Um das dir zu vertraun, was mir das Herz eingab.

  Statt ehrner Feßel wenn der Freiheit goldnen Tag
Du wünschest, sage mir, was ich dich fragen mag!

  Die Freiheit nicht allein, auch reicher Lohn ist dein,
Wenn ich erfinde wahr dein Wort und Truges rein.

  Doch wenn unlautern Wein du willst im Kruge mischen,
So wirst du nicht der Haft und nicht der Straf entwischen!

  Zur Antwort gab Hedschir: Was du willst fragen, frage,
Und traue, daß ich dir die volle Wahrheit sage.

  Nicht lügen werd ich jetzt; ich habe nie gelogen.
Warum in deiner Hand wär ich ein krummer Bogen?

  Gerade sollst du mich erfinden wie den Pfeil;
Nicht um das Leben selbst ist mir die Wahrheit feil.

  Zu ihm sprach Suhrab: Dort im Lager Zelt um Zelt

Werd ich dich fragen um den Helden, der es hält.

   Sagst du mir das, so geb ich dir gehäuften Schatz;
Dir wird ein Ehrenkleid von mir und Ehrenplatz.

   Und sagst du das mir nicht, so bleibt auf deinem Rumpf
Dein Haupt nicht, oder mir wird ehr die Klinge stumpf!

   Zur Antwort gab Hedschir: Was säumst du lange? frage!
Wiß, daß ich weder lüge, noch vorm Tode zage.

75.

Da hob zu fragen an Suhrab: Dort in der Mitte
Wes ist das Prachtgezelt von lauter Gold? ich bitte!

   Fest steht es hingepflanzt recht in des Heeres Herz;
Von ihm durchs Lager gehn die Straßen allerwerts.

   Auf allen Straßen nahn wie grüßende mit Bitten,
Und gehn wie dankende davon mit leichten Schritten.

   Ganz Goldglanz ist das Zelt vom Fuß zum Knauf hinan,
Und weit wie ein Palast allseitig aufgetan.

   Vor jedem Eingang liegt, wie Hündlein zahm und treu,
Im goldnen Band geschmiegt, ein Tiger und ein Leu.

   Doch oben sitzt ein Aar, aus dessen Krallen steigt
Die Fahn empor, in der der Sonne Bild sich zeigt.

   In solcher Wohnung kann kein kleiner und gemeiner
Wirt wohnen, wie mir dünkt; was wohnt darin für einer?

   Da hob Hedschir sein Haupt, voll Stolz auf Irans Macht,
Und sprach: Dort wohnt der Schah in seiner Größ und
        Pracht.

Sein Thron ist Tag und Nacht von seinen treuen Leuen
Umhütet und umwacht, und darf nicht Feinde scheuen.

   Doch fort zu fragen fuhr Suhrab: Zur linken Hand
Vom Goldgezelt, wes ist des Zeltes Silberwand?

   Mit offnem Eingang steht gewandt zum goldnen Zelt

Sein Tor, wo Leopard und Panther Wache hält.

Doch oben trägt ein Greif in Silberklaun empor
Die Fahn, in der ein Mond; wer ist, der das erkor?

Zur Antwort gab Hedschir: Das ist des Schahes Sohn,
Ferabors, ihm der nächst am Herzen und am Thron.

So recht! rief Suhrab aus: wo so zusammen hält
Ein Vater und ein Sohn, verteilen sie die Welt.

76.

Zu fragen fuhr er fort: Dort aber rechter Hand
Vom Goldzelt, wessen ist die schwarze Zeltflorwand?

Feldposten eilen her und hin auf Rossen brausend,
Schildwachen aber stehn umher zu Fuße tausend.

Am Haupteingange ragt ein Elefant, ihn schmücken
Prachtdecken, und er trägt die Heerpauk auf dem Rücken.

Doch oben steigt die Fahn aus eines Drachen Rachen,
Mit Sternen übersät, die sie zum Himmel machen.

Wer herrscht zur Seite so dem König Keikawus?
Hedschir antwortete: Sein Kronfeldhauptmann Tus.

Das ist sein Stammesrecht, daß er im Heergefecht
Den Schah vertrete, dem verwandt ist sein Geschlecht.

Auf seinen Wink bereit, vereint auf sein Gebot,
Ist jenes Heer, das dir den Tod von ferne droht.

Und jener Himmel dort, reich an Juwelenzier,
Die Gawejani-Fahn ist es, das Reichspanier;

Das einst Feridun schwang, als er den Sohak schlug,
Der an den Schultern angewachsne Drachen trug.

Geheftet ist der Sieg an dieses heilige Zeichen,
Das ohne Mut kein Freund, kein Feind sieht ohn
    Erbleichen.

Doch Suhrab lächelte, und gieng mit Fragen weiter:

Im roten Florpalast, wer, sprich, ist dort der Streiter?
   Er sitzt im offnen Zelt, und scheint an seinem Haar
Ein Greis bereits, um ihn steht eine Männerschaar;
   Sie alle halten ihm ihr Antlitz zugekehrt,
Und jeder ehrt ihn, wie man einen Vater ehrt.
   So fragt' er, und Hedschir zog aus der Brust ein Ach
Wie einen Dolch hervor, weil er zu Suhrab sprach:
   Das ist Guders, der Greis, von Worte weis' und lind,
Von Schwerte stark und scharf, wie wenig Männer sind;
   Ein Vater, der entbehrt fürs Alter nicht der Stützen;
Mit seinem Haus allein kann er ein Reich beschützen.
   Denn neunundsiebzig sind der Söhne, die er zält;
Der achtzigste bin ich, der heut im Lager fehlt.
   Doch Suhrab sprach: Warum hast du dich laßen fangen?
Sprich Wahrheit! und noch heut kanst du hinab gelangen.

———

77.

Wes ist das grüne Zelt, aus Duft und Glanz gewebt,
Das wie ein Waldgebirg sich über Hügeln hebt?
   Alswie ein Waldgebirg, das fest steht und nicht wankt,
Wenn, von des Sturmes Hauch bewegt, sein Baumwuchs
      schwankt.
   In diesem Zelte wol ist Irans Hoffnung grün,
Und meine Hoffnung wird bei seinem Anblick kühn.
   Vorm Zelt in Waffen sitzt ein Mann, und steht ein Ross,
Er einem Riesen gleich, und es wie ein Koloss.
   Er sitzt, und hoch nicht scheint der Sitz, den er erkor;
Aus allen doch, die ihn umstehn, ragt er hervor:
Er blickt auf sie hinab, sie schaun zu ihm empor.
   Allein zur Seite blickt er stets nach seinem Ross;
Es ist wol auf der Welt sein liebster Kampfgenoß.

Es steht das Ross mit ungeduldigem Gestampf,
Und ihn erhebt im Sitz die Ungeduld nach Kampf.
   Entgegen streckt er ihm die Hand, es reckt sein Haupt
Erwartungsvoll und lauscht, es spitzt ein Ohr und
      schnaubt.
   Die Mähne streicht er ihm, da fängt es an zu brausen;
Das freuet seinen Herrn, die andern macht es grausen.
   An seiner Seite hängt ein Schwert, an seinem Knie
Lehnt eine Keule schwer, kein andrer höbe sie.
   Er schwingt die Keule bald hoch übers Ross empor,
Bald aus der Scheide zieht er halb das Schwert hervor.
   Die Keule sausen hörts und sieht die Schneide blitzen,
Und tost; was wird es erst, wenn er wird droben sitzen!
   Ich habe nie gesehn solch einen Mann wie den,
So hab ich niemals auch ein Ross wie das gesehn;
   Ein Ross, das solch ein Mann allein bezwingen kann,
Und solch ein Mann, den solch ein Ross nur tragen kann.
   Gewis, von diesem Ross und diesem Manne sind
Die Namen kund im Land; verkünde sie geschwind!
   So sprach er und hielt ein; es war alsob er wüßte,
Daß Ross und Ritter Rachs und Rostem heißen müßte;
   Doch wollt er, daß der Mund Hedschirs es täte kund,
Still aber schwieg Hedschir, und sprach im Herzensgrund:

━━━

78.

Was fragt der Türke nach des Reiches Pehlewan?
Und tu ich recht, wenn ich ihm Rostem kund getan?
   Und tu ich Unrecht, wenn ich ihm den Feind
      verschweige?
Was will der Knabe, daß ich ihm den Helden zeige?
   Ist er sein Sohn, wie er im Zweikampf rühmte laut?

Den Vater schaff ich ihm so wenig, als die Braut!
Der Mann von Iran kann des Türkenkinds entraten;
Ich will den Perserhort dem Erbfeind nicht verraten.
Zwar Rostem braucht ihn nicht zu fürchten in der Tat,
Allein der Türke könnt ihn angehn mit Verrat.
Drum wirds am besten sein, den Namen nicht zu melden,
Und ihn zu streichen ganz heut aus der Zahl der Helden.
Als so zur Lüge sich bereitete Hedschir,
Rief Suhrab: Sprich zu mir! was redest du mit dir?
Warum machst dus solang, bis Aufschluß ich gewinne?
Er sprach: Weil ich umsonst mich auf den Mann besinne.
Von Zeichen unbekant ist er mir ganz und gar;
Er kam wol fremd ins Land, weil ich im Schloß hier war.
Ich hörte, daß heran vom fernen Hindostan
Dem Schah zu Hilfe zog ein starker Pehlewan.
Das wird der Recke sein, entsproßt aus fremdem Samen;
Denn fremde scheint er mir, und die, so mit ihm kamen.
Doch Suhrab sprach: Wie heißt der Recke? sage mir!
Den Namen weiß ich nicht; antwortete Hedschir.
Suhrab noch einmal sprach: wie heißt er? gib Bericht!
Hedschir antwortete: den Namen weiß ich nicht.
Voll Unmut ward Suhrab; des Vaters Namen wollte
Er hören da durchaus, den er nicht hören sollte.
Die ihm die Mutter gab vom Vater, alle Zeichen
Sah er, und konnte nur Gewisheit nicht erreichen.
Des Vaters Name fehlt' ihm zur Gewisheit nur,
Den er da von Hedschirs Verstockung nicht erfur.

━━━

79.

Doch ungeduldig fuhr Suhrab zu fragen fort:
Im violetten Zelt, wie heißt der Ritter dort?

Zur Antwort gab Hedschir: Den kann ich wol dir
     nennen;
Gurase heißt der Held, wie sollt ich ihn nicht kennen?
Ein mutger Ritter, wie zu Ross nicht viele rennen.

Doch ungeduldig gieng mit Fragen Suhrab weiter:
Im gelben Zelte dort, sag an, wie heißt der Streiter?

Zur Antwort wieder gab Hedschir: Ich kann auch ihn
Dir nennen, wenn du willst: der Kämpfer heißt Gurgin;
Ein Tapfrer, welchem gleich nicht viel zum Kampf ausziehn.

Noch einmal frug Suhrab mit ungeduldiger Hast:
Im blauen Zeltpalast, wie heißt darin der Gast?

Und wieder gab Hedschir zur Antwort: Nennen kann
Ich dir auch diesen wol: Gew, Rostems Tochtermann.

Da wendet' auf Hedschir Suhrab den Blick unhuldig,
Und sprach: Nun offenbar bist du der Lüge schuldig.

Du nennest alle mir, und nur den Rostem nicht,
Den Rostem, ohne den kein Heergefecht sich ficht!

Von all den Zelten wenn in keinem Rostem ist,
Wo wäre Rostem denn, wenn du kein Lügner bist?
Verläugnen willst du mir ihn nur aus Hinterlist.

Im grünen Zelte dort der Recke kühn und frei,
Gewis ist Rostem der, o sag mir, daß ers sei!

Denn alle, die von ihm mir kund sind, alle Zeichen
Seh ich, und kann allein Gewisheit nicht erreichen.

Von allen, die ich sah im Lager fern und nah,
Wünsch ich, daß keiner sei Rostem, als dieser da.

O sag mir, daß ers sei! und sei belohnt und frei!
Der vor dem grünen Zelt, sag, daß es Rostem sei!

—————

80.

Hedschir sprach: Ei, was forscht so deine Ungeduld

Nach ihm! nicht gern wär ich an deinem Tode schuld.
Wo Rostem wär im Feld, nicht würdest du es halten;
Denn Rostem ist ein Held von furchtbaren Gewalten.
Wo Rostem auf dem Rachs sich hebt zum Werk der Rache,
Da kann nicht stehn vor ihm der Löwe noch der Drache.
Ein jeder Blick von ihm ist Tod, ein jeder Hauch
Von ihm ist Sturm, ihm sinkt entwurzelt Baum und
      Strauch.
Ich wünsche keinem, daß er mög ein Gegner sein
Von Rostem, wär er auch ein Berg von Kieselstein;
Er würde dich, alswie die Mühl ein Korn, zermalmen,
Zertreten, wie ein Tritt von Elefanten, Halmen.
Fest schnüren möchtest du am Leib dein Gürtelband;
Es würde locker, wenns erblickte Rostems Hand.
Allein zu deinem Glück ist nah nicht das Gewitter;
Denn mit Schah Keikawus hat sich entzweit der Ritter.
Erzürnt ist er vom Hof nach Sabul heimgeritten,
Dort sitzt er nun beim Schmaus in seines Schloßes Mitten.
Dort trinkt er fröhlich Wein beim Fest im Rosengarten,
Und will den Ausgang dieses Kriegs in Ruh erwarten.
So sprach er; ob ers nur erlog, ob ers erfur
Vom lügenden Gerücht, das kam von Irans Flur?
Das traurige Gerücht, das dort bei Nacht dem frohen
Erlag, war aus der Stadt villeicht zur Grenz entflohen.

─────

81.

Doch Suhrab rief voll Zorn: So willst du mich
      verhöhnen?
Schweig, allerschlechtester von Guders achtzig Söhnen!
Willst du, ich glaube dir die knabenhafte Rede,
Rostem, der Herr der Schlacht, enthielte sich der Fehde!

Er hielte sich zu Haus, und hielte Fest und Schmaus!
Da lachten billig ihn die Mägd und Kinder aus!
  Wol möglich, daß er mit Keikawus sich gezankt,
Wenn der undankbar ist, der ihm den Thron verdankt!
  Doch, denk ich, Kawus wird geschwind mit reichen
          Gaben
Und guten Worten ihn zurückbeschworen haben,
  Wenn er nicht unklug ist, und seinen besten Ritter
Nicht missen will am Ort, wo ihn ersetzt kein Dritter.
Denn was ist ohne Blitz und Donner ein Gewitter?
  Was dieser Heerleib, unbeseelt von Rostems Mut?
Nicht in Bewegung ist dieß Heer und Rostem ruht!
  Drum sag im Augenblick, wo ist der Pehlewan?
Von Guders Söhnen ists um einen sonst getan!
  Da schauderte Hedschir und sprach im Herzensgrund:
Aufschließen mit Gewalt will mir der Türk den Mund.
  Verschließen aber will ich ihn nun ihm zum Trutz,
Sowahr ich jemals selbst getragen Ritterputz,
  Und je noch tragen will! und fall ich seiner Wut,
So wird nicht schwarz der Tag, und nicht das Waßer Blut.
  So ist um einen Sohn von achtzig Guders schwächer,
Und neunundsiebenzig sind meines Todes Rächer.
  Er sprach: Was wütest du? was stürmest du und tobest?
Denkst du, daß du dich so dem Rostem gleich erprobest?
  Weil einen Namen ich nicht nennen will und kann,
Willst du dafür den Tod mir geben, gib ihn dann!
  Den Namen nenn ich nicht, wüßt ich ihn zehnmal auch;
Entreißen ehr als ihn kannst du mir diesen Hauch!
  Ich trotze dir! es mag mein Blut die Schmach versöhnen,
Der schlechteste zu sein von Guders achtzig Söhnen!
  Er sprachs; da wendete Suhrab sich unmutvoll,
Nachdenkend, ob er auf der Stell ihn töten soll.
  Doch er besann sich, gab ihm einen Backenschlag,
Daß er besinnungslos davon am Boden lag;
  Und rief: Will hier durchaus mir meinen Vater sagen

Niemand, so will ich gehn und selber ihn erfragen!

––––

82.

Er stieg, von Zorn bewegt, hinab vom hohen Turm;
Gewaffnet schwang er sich aufs Ross, und ritt im Sturm.
    Er ritt, sein fürstlich Haupt bedeckt mit goldnem Dache,
In ihm des Löwen Mut, und unter ihm ein Drache.
    Und wie der scharfe Zorn ihm selbst die Sporen gab,
Gab er dem Ross den Sporn, und flog den Berg herab.
    Der Kampflust heißes Blut in seinen Adern sott,
Ihm flog des Pulses Glut wie seines Rosses Trott;
Da kont in seinem Mut aufhalten ihn kein Gott.
    Er ritt im Ungestüm dem Lager Irans zu;
Und alle, die ihn sahn anreiten, flohn im Nu.
    Die alle flohn im Nu, die aus des Lagers Mitten
Dort waren auf den Plan zur Lust hervorgeritten.
    Wie aus dem Waidehag, wo sie der Hut empfolen
Des Hirten sind, hervor sich wagen junge Folen,
    Sich außerhalb des Hags neugierig umzutun;
Doch plötzlich einen Leun herkommen sehn sie nun;
    Die Mähn am Nacken, die er sträubt, erregt ihr Graun,
Und eilig flüchten sie zurück in ihren Zaun:
    So aus dem Lagerwall die sich hervorgewagt,
Wie sie den Suhrab sahn, umwandten sie verzagt.
    Sie wendeten zur Flucht vor ihm ihr stolz Genick,
Und wagten nicht auf ihn zu richten einen Blick.
    So furchtbar fanden sie den Türken anzuschaun,
Daß auf die Flucht allein sie setzten ihr Vertraun.
    Er aber achtete der leichten Feinde nicht;
Es ward von ihm gesucht ein Gegner von Gewicht.
    Er ritt vom hohen Wall des Lagers hart hinan,

Den tapfersten zum Kampf zu fordern auf den Plan.

83.

Suhrab vom Walle rief hinab ins Lager tief,
So laut, ihn hörte wol, wer nicht im Grabe schlief:
O Schah von hoher Macht, du rühmst dich großer Pracht
Im Lager, doch wie steht dein Ding im Feld der Schlacht?
Mußt du dein starkes Heer in einen Pferch einsperren?
Schützt keiner deiner Knecht' im freien Feld den Herren?
Dein Volk von Schafen fleucht in seinen Stall, verkreucht
Sich hinterm Wall, und keucht vor Angst, vom Wolf
    gescheucht.
Hier komm ich zu dir her geritten mit dem Speer,
Den zuck ich, so durchzuckt der Tod dein ganzes Heer.
Ich habe gestern laut um Send den Schwur beim Wein
Getan: Wer ihn erschlug, der soll nicht lebend sein!
Der heimlich in der Nacht den Send mir umgebracht,
Umbringen will ich ihn am Tag in offner Schlacht.
Wenn du den Recken kennst, der ihn erschlug, so send
Ihn her, daß ich erschlag ihn, der mir schlug den Send!
Und ists nicht der, so seis ein anderer, der scharf
Von Mut und Waffen ist, und mir begegnen darf!
Doch wenn aus deinem Pferch hervor, mit mir zu streiten,
Gar keiner will, so will ich in den Pferch einreiten,
Das Lager mitten durch, bis an das goldne Zelt,
Vor dessen Eingang Löw und Tiger Wache hält.
Vor den Türhütern soll mir nicht beim Eintritt bangen,
Und mit dem Speer will ich die Sonn herunter langen.
Den Geierkrallen soll die goldne Sonn entfallen,
Und vor der Hündlein Maul will ich den Maulkorb
    schnallen.

Ich will dir überm Haupt alswie ein Sturmwind rütteln
Das goldne Dach, und wenn du drunter schläfst, dich
    schütteln!
   So rief er; Keikawus sprang auf und rief erschreckt:
Wer hat dem Wütenden das Königszelt entdeckt?
   Ihr Edlen all! eilt mir zu Rostem hin! der Mann
Ist er allein, der diesen Knaben bändigen kann.

84.

Zu Rostem, wo er saß im Zelte, kam der Bot:
Keikawus ist in Not, der Türke Suhrab droht.
   Er droht ins Königszelt durchs Lager einzureiten,
Und Niemand ist als du im Stand mit ihm zu streiten.
   Von seinem Sitz erhob sich Rostem nicht, und sprach:
Der Dienst des Königes ist lauter Ungemach.
   Nicht Ruh bei Tag und Nacht, viel Arbeit, wenig
    Schmaus;
Ich war die Nacht erst aus, und bleib am Tag zu Haus,
   Dem ersten Boten kam ein zweiter nachgeflogen,
Ein dritter, vierter auch, wie Pfeil auf Pfeil vom Bogen;
   Und alle meldeten: Der Suhrab ist im Feld;
Da kann ihm keiner stehn, nur Rostem kanns, der Held.
   Doch Rostem, wie er sah das wachsende Getümmel,
Den Lärmen um ihn her, rief: Fällt denn ein der Himmel?
   Um einen Knaben, welch ein Ahrimansaufstand!
Um einen einzeln Mann welch ein Weltendebrand!
   Nun aber kamen, hergesandt von Keikawus,
Die Fürsten, auch sein Sohn, auch sein Kronfeldherr Tus.
   Die Waffen wurden ihm schnell von den Fürsten allen
Gebracht; er sagte nichts, und ließ es sich gefallen.
   Den Panzer legt' ihm Tus, Gurgin die Schienen an,

Doch von Ferabors ward der Helm aufs Haupt getan.

Gurase reicht' ihm Pfeil und Bogen; Schwert und Sper
Und Keule trugen ihm drei Söhne Guders her.

Von seinem Eidam ward zuletzt ihm vorgefürt,
Gesattelt und gezäumt, der Rachs, wie sichs gebürt.

Doch wie Rostem den Rachs kampffertig sah, da rürte
In seiner Brust sich auch die Kampflust, und er spürte,
Daß er, ins Feld zu gehn, die volle Rüstung fürte.

Er gieng, und im Vorbeigehn nam er noch den Schild,
Indem er sprach: den braucht man auch im Kampfgefild.

In voller Rüstung sprang er auf den Rachs, und jach
Ritt er davon, ihm sahn mit Staunen alle nach.

———————•———————

Neuntes Buch.

85.

Er ritt hinaus, wo ihn der gleichgeartete,
Ein Kämpe seines Bluts, sein Sohn erwartete.
   Auf Bogenschuß hinan ritt er, da hielt er an,
Da wieherten sich laut die beiden Kampfross' an:
   Rachs, der den Rostem trug, und jener, der Suhrab,
Den Sohn des Rostem, jetzt entgegen trug dem Grab.
   Der trug des Rostem Sohn, war selbst vom Rachs ein
      Sohn;
Und doppelt kam zum Kampf ein Vater und ein Sohn.
   Doch eh zum Tode nun die Reiter sich anranten,
Wieherten erst sich an die Rosse, die sich kanten:
Das Wiehern war der Gruß der beiden Blutsverwandten.
   So in den Thieren dort, o Wunder, sprach die Stimme
Des Blutes, die erstickt ward von der Männer Grimme.
   Soviel ist blinder, als das blindgeborne Thier,
Der Mensch, der sehende, geblendet von Begier.
   Die Reiter sahen an das Wiehern für ein Zeichen,
Daß ihre Rosse selbst an Kampflust ihnen gleichen;
Und selber wollten sie nun nicht den Rossen weichen.
   Doch riefen sie sich nicht mit lautem Schlachtgruß an,
Entgegen hielten sie stillschweigend auf dem Plan,
Und Sohn und Vater sahn sich stumm todblickend an.
   Nun kamen auch heran die Zeugen ihrer Schlacht,
Von beiden Seiten die und jene Heeresmacht:
   Die Heermacht Irans hier, gewaffnet und geschmückt,

Vom Feldherrn Tus gefürt, vom Lager ausgerückt;
  Die Heermacht Turans dort, den Berg herabgedehnt,
Von Barman aufgestellt, und an die Burg gelehnt.
  Entgegen standen sich die beiden Heere schweigend,
Die Kampfbegier vereint nur in zwei Kämpfern zeigend.
  Wie auf dem weiten Hof ein zahlreich Volk von Hennen
Untätig zusieht, wie zum Kampf zwei Hähne rennen,
  Die, für ihr ganz Geschlecht von Kampfbegier entbrant,
Wenn sie erst zum Gefecht zusammen sind gerant,
  Lebendig alle zwei nicht mehr zu trennen sind;
Sosehr macht Eifersucht und heißes Blut sie blind:
  Die Hennen sehen zu, wie sie zusammen rennen,
Und warten, welchen sie als Herrn des Hofs erkennen;
  So dort erwarteten die beiden Heere nun,
Wer als des Schlachtfelds Herr hervor sich würde tun,
  Und sahen zu, bewehrt, alsob sie wehrlos wären:
Für alle ließen sie das eine Paar gewären.

━━━

86.

Doch näher kamen an die beiden Helden licht
Geritten nun, und sahn einander ins Gesicht.
    Suhrab, den Ungeduld hinan zum Vater trieb,
Sprach, während eine Hand er in der andern rieb:
    Komm, alter Held, wie ich gesehn noch keinen habe,
Nicht übel nim es mir! dich will bestehn ein Knabe.
    Von Iran brauchen wir und Turan hier dazu
Sonst keinen außer uns, genug sind ich und du.
    An Wuchse bist du hoch, an Schultern bist du stark;
Die Jahre haben doch versehrt bereits dein Mark.
    Du wirst mich nicht bestehn in diesem Waffengange!
Er sprachs, und Rostem blickt' auf seine Rosenwange,
    Und sprach zu ihm: Gemach, feuriges Heldenkind!
Die Erd ist kalt und hart, die Luft ist lau und lind.
Schon manche glichen dir, die nun gleich Staube sind.
    Wol altershalb hab ich gesehn genug Walstätten,
Und half manch stolzes Heer im kalten Lager betten.
    Die schlafen tief genug, die meinem Streich erlagen;
Und wo ich selber schlug, da ward ich nie geschlagen.
    Nun komm heran, blick her, wie ich dich morden will;
Entkommst du mir, so fürcht hinfort kein Krokodill!
    Allein es fühlt mein Herz mit dir, Kind, ein Mitleiden,
Vom schönen Leib will ich nicht deine Seele scheiden.
    Gar einem Türken gleichst du nicht, o schlanker Baum!
Deinsgleichen viele wüßt ich auch in Iran kaum.
    Wie Suhrab hörte, daß so sanfter Rede pflegte
Der Recke, fühlt' er auch, wie sich sein Herz bewegte,
    Und sprach: O alter Held, ich will ein Wort dich fragen,
Du aber mußt nun auch mir alle Wahrheit sagen.
    Vermelde mir, eh wir uns schlagen, dein Geschlecht!
So, hör ich, hielten es die Alten im Gefecht.
    Ich glaube wirklich, daß du Niemand auf der Welt
Als Rostem bist, der Fürst im grünen Heergezelt.
    So sprach er, und so nah daran wars, daß gewendet

Würd alles Weh in Lust, und aller Streit geendet.

Da kam ein finstrer Geist auf Rostem, und er sprach:
Ich bin nicht Rostem! was fragst du dem Rostem nach?

Er ist ein Ritter, ist ein Fürst, ich bin ein Knecht;
Mit ihm nicht, nur mit mir ist dir der Kampf gerecht.

Ich bin der Späher, der dir auf der Burg erschlug
Den Mann, der thöricht Lust mich auszuspähen trug.
Nun komm zum Kampf, mein Sohn, des Schwatzens ist
    genug.

       ⊢━━━┤

87.

Da schwenkte sich im Zorn zur Linken ab Suhrab
Von Rostem, Rostem lenkte rechts von Suhrab ab.

Doch als auf Bogenschuß sie auseinander waren,
Da wendeten sie schnell, und kamen hergefaren.

Entgegen stoben sich zu Ross die beiden Ritter,
Entgegen schoben sich die beiden Ungewitter;

Entgegen schnoben sich ein Sohn und Vater bitter:
Die Schläge hoben sich, und jeder Schlag gab Splitter.

Zuerst versuchten sich in diesem Waffentanze
Der Vater und der Sohn mit fernentsandter Lanze.

Sodann erprobten sich der alte und der junge
Anrückend mit der nahgezückten Schwerter Schwunge.

Und endlich giengen sich die beiden Heeressäulen
Hart auf den ehrnen Leib mit ihren ehrnen Keulen.

Was von der Lanze da verschont blieb, schlug das
    Schwert;
Die Keule schmetterte, was jenes nicht versehrt.
Laut stöhnten beid', es war des andern jeder wert.

Am Helme blieb kein Glanz, am Helmbusch kein Gefieder,
Kein Ring am Panzer ganz, keins ungequetscht der Glieder;

In Strömen floß der Schweiß vom Mann aufs Ross danieder.
  Wie sich entgegen zwei Gewitterwolken wettern,
Mit Blitz und Gegenblitz einander zu zerschmettern;
  Sie selber können sich mit Streichen nicht verletzen,
Doch unter ihrem Kampf ergreift die Welt Entsetzen:
  Der Hagel braust herab und schlägt der Erde Saat;
Das Land ist wie ein Feld, das eine Schlacht zertrat:
  Dann, wenn sie sich erschöpft, zieht jede ihre Bahn,
Und aus der Ferne noch sehn sie sich finster an:
  So standen jetzt vom Kampf die beiden ab ermattet,
Und eine Lebensfrist war noch dem Sohn gestattet.

———

88.

Sie schieden sich, voll Weh der Vater, und das Kind
Voll Schmerz: sie hatten sich begegnet ungelind.
  Die Rosse langsam ließen sie bei Seite laufen,
Um von der stürmischen Begrüßung zu verschnaufen.
  Suhrab im Herzen sprach: Der da so grimmig drein
Auf mich geschlagen hat, kann nicht mein Vater sein.
  Zwar alle treffen ein die Zeichen, die von ihm
Die Mutter gab, nur sprach sie nichts von solchem Grimm.
  Zum Gatten hätte nie genommen ihn Tehmine,
Wär er gekommen ihr mit solcher Löwenmiene.
  Er sagt es selbst: er ist der Mann, der mir erschlagen
Den Vetter hat, der mir den Vater sollte sagen.
  Den Vetter wollt ich ja an seinem Mörder rächen;
Und was nun hindert mich, zu lösen mein Versprechen?
  Doch Rostem sprach bei sich: Ei, wäre der mein Sohn;
Von ihm zerbleut, hätt ich nun meiner Thaten Lohn!
  Den hat kein menschliches, ein Riesenweib getragen;
Wie ich so alt erst war, konnt ich noch so nicht schlagen.

113

Nim dich zusammen nun und wehr dich, alter Held!
Denn zu Zuschauern hast du beide Heer im Feld.
　Es wär ein Spuck, wenn mirs mit diesem Türken fehlte,
Und in Semengan ers einst meinem Sohn erzählte!
　Denn, wer ich bin, wird er am Ende doch erfaren,
Wielang ich auch vor ihm mag das Geheimnis waren.
　So sprachen sie, indem sie sich erholten jetzt
Von Streichen, welche Sohn und Vater sich versetzt;
Die Rosse hatten so einander nicht verletzt.
　Sie hatten sich geschont, und waren nur benetzt
Vom Schaume, weil zum Kampf die Reiter sie gehetzt.
　Die hatten nun beiseit ein wenig ihren Streit
Gelegt und waren schon zu neuem Weh bereit.

———

89.

Nunmehr begannen sie, wie um sich zu erholen,
Ihr Schützenkampfgerät gemach hervor zu holen.
　Zum Köcher langten sie, und zogen ihre Bogen,
Und von der Senne kam Pfeil gegen Pfeil geflogen.
　Im Fluge trafen sich die zwei, und sanken nieder;
Doch andre rüsteten schon Sohn und Vater wieder.
　Die Pfeile regneten, dicht, wie bei rauhem Wetter
Des Herbstes unterm Baum hernieder rieseln Blätter;
　Wie wenn am Frühlingstag des Landmanns Bienen
　　　schwärmen,
Wann rings das Bienenhaus des Mittags Stralen wärmen;
　Wann sich die Einigkeit des Brudervolks zerschlug,
Die Honig mit gemeinschaftlichem Fleiß eintrug,
　Sich nun vom alten Stock der junge Stamm lossagt,
Und auf gut Glück den Flug mit eignem Weisel wagt:
　So nun mit einem Schwarm geschärfter Stacheln wandten

Zum Kampfe sich die mutentbranten Blutverwandten.

Sie spannten, legten an und schoßen ab, und spannten,
Indem mit jedem Pfeil sie sich Zornblicke sandten.

Sowenig aber als ein Blick, sowenig leid
Tat ihnen auch ein Pfeil am festen Wehrgeschmeid;
Sie schüttelten mit Scherz den Staub vom Waffenkleid,

Die Köcher raßelten, und ihre Schätze klirrten;
Die Sennen winselten, und ihre Bogen schwirrten,
Die laut im Fluge gleich blutgierigen Vögeln girrten.
Nicht kamen sie zum Zweck, die doch vom Ziel nicht irrten.

Alswie der Sonne Pfeil prallt ab vom Felsgestein,
Ihm dringen kann er nicht ins feste Fleisch und Bein,
Und an der obern Haut erhitzt er ihn allein:

So drangen dort nicht ein die Pfeil, und prallten ab,
Und mehr in Hitze nur kam Rostem und Suhrab.

Mit goldnen Spitzen war, gleich Stralen, jeder Schild
Besetzt, und leuchtete recht wie der Sonne Bild.

Doch als es sie verdroß, vergebens nur die Scheibe
Zu treffen, ließen sie nunmehr vom Zeitvertreibe,
Und giengen, Ross und Mann, ernsthafter sich zu Leibe.

———

90.

Sie ritten nah sich auf den Leib, und legten Hand,
Zu ringen, einer an des andern Gürtelband.

Wann sonst im Rossringkampf Rostem saß auf dem Rachs,
War er wie Erz, und, was zur Hand ihm kam, wie Wachs.

Doch nun legt' er die Hand an Suhrabs Gürtelband,
Und staunte, daß er fand solch einen Widerstand.

Wie nicht ein Bergfels wankt, den eine Schlang umflicht,
In Rostems Armgeflecht so wankte Suhrab nicht.

Wo Rostem matt ließ ab, fieng mutig an Suhrab;

Doch auch vergeben war die Müh, die er sich gab.
  Wie nicht der Erdleib schwankt, weil ihn der Arm
          umflicht
Der Luft, so schwankte nicht Rostem im Gleichgewicht.
  Da ließ der Sohn erzürnt den starken Vater faren
Am Gürtel, und ergriff ihn an dem Schopf von Haaren,
  Der, halbergraut, doch straff drang unterm Helm hervor;
Daran vom Sattel hofft' er ihn zu ziehn empor.
  Doch Rostem saß wie Blei im Sattel, wie ein Stück
Von Erzguß; nur das Haar blieb in der Hand zurück.
  Suhrab fand in der Hand das Haar, und rief erschrocken:
Du unbezwinglicher mit schon ergrauten Locken!
  Du spannst die Glieder unnatürlich an mit Krampf;
Was suchest du, o Greis, mit einem Jüngling Kampf?
  Ein alter Mann, wennauch sein Wuchs wär
          eichbaumschäftig,
Mit einem jungen ist er doch zum Streit unkräftig.
  Dein Thier auch unter dir hat seinen Mut verloren,
Und wie ein Esel läßt es hangen seine Ohren.
  Vor meinem Hengste sucht' es gern das Heil in Flucht,
Und ihm verbietet es nur seines Reiters Wucht;
Doch mir verbeut den Kampf mit dir nun Scham und Zucht.
  Als ich das graue Haar in meiner Hand gewart,
War mirs als legt ich Hand an meines Vaters Bart.
  Sind denn um uns im Feld nicht andre Kriegerhaufen?
Was müßen wir allein uns mit einander raufen!
  So sprach der junge; doch der alte sagte nichts,
Er wendete sich ab ergrimmten Angesichts.

———

91.

Da stürzt' er sich, wie sich ein Wolf stürzt auf die Herde

Der Schaf', aufs Turanheer, zu würgen mit dem Schwerde.
    Und Suhrab, als ers sah, da warf er, wie ein Tieger
Sich auf die Rinder wirft, sich auf die Iranskrieger.
    Den ersten, den er traf, streckt' er in Todesschlaf,
Den zweiten, dritten auch, und jeden, den er traf.
    Doch Rostem, als er dort ans Heer von Turan kam,
Hielt plötzlich an den Rachs, zurück hielt ihn die Scham
    Und Ueberlegung, wie es nun dem Kawus gienge,
Wenn jener Türk im Heer erst an zu morden fienge?
    Dem selber Rostem kaum im Kampfe konte stehn;
Wie sollten seiner Wut die andern dort entgehn!
    Drum, ohn ein Tröpflein Blut von Türken zu
        versprützen,
Umwandt er mit dem Rachs, die Perser zu beschützen.
    Den Suhrab im Gewühl sucht er und fand, und schaute,
Wie auf der Flur Smaragd er Blutrubinen thaute.
    Ihn rief er zürnend an: Was kühlst du deine Hitze
Am schwachen Volk, das dir nicht bieten darf die Spitze?
    Was haben, tobender, die Leute dir getan,
Die du mit unversehnem Kampf hier rennest an?
    Doch Suhrab sprach erstaunt: Ei, alter Held unhuldig,
Sind nicht am Kampfe dort die Türken auch unschuldig?
    Warum hast du auf sie geworfen deine Wucht?
Wer hat von ihnen Streit an dich zuerst gesucht?
    Doch willst du wieder nun zu mir zurück dich wenden,
So komm, laß uns das Werk erneuen und vollenden!
    Doch Rostem sprach: der Tag hat sich geneigt zur Nacht;
Die ist zur Ruh gemacht, und nicht zum Werk der Schlacht.
    Gehorchen wir der Nacht! doch wann im Osten lacht
Das goldne Schwert, von dessen Glanz die Welt erwacht,
    Erneuern wir die Schlacht! sei mir hieher bestellt!
Hier stell ich morgen mich; jetzt geh, wohins gefällt!
    Hier soll zu Fuß ein Faust- und Ringkampf uns vereinen,
Und als Zuschauer mag dieß Heer und jen's erscheinen;
Dann sehn wir, welches wird um seinen Kämpfer weinen!

92.

Sie giengen; finster ward das Angesicht der Luft;
Der Himmel hüllte sich in einen trüben Duft:
Vorzubereiten schien er Suhrabs Totengruft.

Doch Suhrab ritt vergnügt mit seinem Heer nach Haus,
Und unterm Reiten noch fragt' er den Barman aus:

Von jenem Löwenmann, von dessen Kraft die Spangen
Mir krachten heut am Tag, wie ist es euch ergangen?

Da er dieß Heer, wie ein berauschter Elefant
Anrante, wieviel hat er nieder da gerant?

Nie ward von mir erprobt, in jedem Kampf belobt,
Solch einer; wie hat er hier seinen Grimm vertobt?

Doch Barman sprach: Es war dein eigner Fürstenwille,
Daß diesen Tag das Heer sich hielt' in Waffen stille.

Gerüstet aber war all unser Ding zum Streit,
In jedem Nu ins Feld zu treten kampfbereit.

Da kam ein einzelner daher, ein unbekanter,
Und blindlings tollkühn vor die Heeresmitte rant er.

Er kam alswie im Rausch, oder vom Rausch erwacht,
Im Taumel, um allein zu liefern eine Schlacht.

Ich aber ordnete die Reihen, dem verwegnen,
Wo er sich wagt' heran, mit Nachdruck zu begegnen.

Da ward er plötzlich andern Sinns; die Zügel wandt er,
Und spornstreichs, wie er hergekommen war, entrant er.

Froh lachend sprach Suhrab: Also von diesem Heer
Erlegte keinen er, und ritt vergebens her!

Ich hab Iranier indessen viel getötet,
Mit Blut wie Rosen dort den Rasengrund gerötet.

Er hat den müßigen Beschauer hier gemacht!
Nun heute hat die Nacht geschieden unsre Schlacht.

Doch morgen, wann der Welt der hehre Tag aufgeht,
Dann wird sich zeigen, wer von beiden fällt und steht.

Denn so bedangen wir: dort wieder zu erscheinen,
Wie heut mit Heergeleit, ein jeder mit den Seinen.
Dort soll zu Fuß ein Faust- und Ringkampf uns vereinen;
Dann seht ihr, welches Heer um seinen Mann muß weinen!
Jetzt aber ziemt es uns, die Sorgen wegzuwischen,
Die spröden Lippen nach dem Kampfstaub anzufrischen
Mit Weinthau; Baruman, laß einen Schmaus auftischen!

93.

Indess im Lager lag schon Rostem beim Gelag,
Der noch beim kühlen Wein dacht an den heißen Tag.
Nur Suhrab wars, von dem er da erzälen mußte,
Suhrab, von dem man auch ihm zu erzälen wußte.
Keikawus sprach: Warum hast du den Wüterich
Uns auf den Hals geschickt, da du ihn namst auf dich?
Und hättest du nicht bald auf seine Bahn gerichtet
Dein Augenmerk; wer weiß, was er hätt angerichtet!
Wir haben hier ein Teil von seiner Art empfunden;
Doch selber sag uns nun, wie du ihn hast gefunden!
Er sprachs; doch Eifersucht und Aerger schwemmt' hinab
Rostem mit Wein, und tat den Mund auf von Suhrab:
Ich habe nie gesehn die gleichen Heldengaben,
Die Löwenmannheit nie, an so unreifem Knaben.
Ich hätte nicht gedacht, daß solchen Mann der Schlacht
Die Welt hervorgebracht, der mir so warm gemacht.
Er hat in jedem Kampf, in jedem Waffenwerke,
Mit mir die gleiche Kunst, mit mir die gleiche Stärke;
Und nur die Jugend die hat er vor mir voraus:
Mit ihm muß ich bestehn noch einen schweren Strauß.
Erst mit dem Sper hab ichs, dann mit dem Schwert
      versucht,

Mit meiner Keule dann, und er bestand die Wucht.

Zuletzt da dacht ich noch: Vor diesem rang ich doch
Schon manchen Helden hoch herab vom Satteljoch!

Da streckt' ich meine Hand nach seinem Gürtelband,
Und zerrte wacker; doch ich fand: er widerstand!

Ich dacht, er sollte nur sogleich vom Sattel fliegen,
Wie soviel andre schon ich sah im Staube liegen.

Doch wenn ein Berg im Grund wird wanken von dem
      Wind,
So wird vom Sattel nicht wanken das edle Kind.

Für heute hat die Nacht nun unsern Kampf geschieden;
Ich weiß nicht, ob ers war, ich war es wol zufrieden.

Und wenn er morgen mir wird zum Kampfplatze kehren,
Hab ich für Irans Ruhm und meinen mich zu wehren.

Denn so bedangen wir: dort wieder zu erscheinen,
Wie heut mit Heergeleit, ein jeder mit den Seinen.

Dort soll zu Fuß ein Faust- und Ringkampf uns vereinen;
Dann seht ihr, welches Heer muß seinen Mann beweinen!

Heut aber ziemt es uns, die Sorgen wegzuwischen,
Für morgen auf den Kampf die Herzen anzufrischen;
O König Keikawus, laß neuen Wein auftischen!

94.

So sprach er, und sein Wort macht' alle Gäste staunen;
Dann tranken sie mit ihm, und wurden froher Launen.

Sie tranken ihm auf Glück und Sieg die Becher zu,
Und suchten, wohlbezecht, in Zelten Schlaf und Ruh.

Doch Rostem, als er in sein Zelt gekommen war,
Sprach er noch in der Nacht zum Bruder: O Sewar!

Heut haben wir im Feld des Kampfes dieß gesehn;
Und Niemand sieht voraus, was morgen wird geschehn.

Sobald am Himmel dort der Sonne goldner Schild
Hervortritt, tret ich an den Gang ins Schlachtgefild.
  Du laß in Gottes Hut, allein mit meinem Mut,
Mich gehn, und halte du mein Sabulheer in Hut.
  Wenn ich den Feind erleg in diesem Waffengange,
Nicht auf der Walstatt werd ich dann dir säumen lange.
  Doch anders wenn ergeht der himmlische Bescheid,
Vollführe du kein Weh, und mache du kein Leid!
  Einbrechen sollt ihr nicht, um meinen Tod zu rächen,
Ins Feindesheer; ihr sollt nach Sabul gleich aufbrechen;
So sollt ihr unterwegs, und so zu Hause sprechen:
  So war es ihm verhängt an seines Alters Rand,
Daß seinen Tod er fand von eines Jünglings Hand.
  Zur Mutter dort im Ton der Tröstung sollst du sagen:
Um Rostem, deinen Sohn, sollst du zusehr nicht klagen!
Soviel erschlug er schon, und ward nun auch erschlagen.
  Du wurdest alt, und sahst alt werden deinen Sohn;
Nun lebe länger noch, wenn er gestorben schon!
Er hat sein Werk getan, und hat nun seinen Lohn.
  So manches Abenteur im Heldenungestüm
Bestand er, Ungeheur und Riesenungetüm.
  So manches feste Schloß mit Mauerkranze brach er,
So manchen Mann vom Ross mit seiner Lanze stach er.
  Doch an des Todes Schloß am Ende pochen muß,
Wer immer auf ein Ross gehoben seinen Fuß.
  In diesem Jagdrevier ist ungejagt geblieben
Kein Jäger, ewig hier kein Treiber unvertrieben;
Ein Freibrief ward auch mir vom Himmel nicht geschrieben.
  Sewar! zum Schlaftrunk gib mir noch den Becher Wein,
Und laß das Uebrige dem Glück empfolen sein!
  So sprach er, und die Nacht ward mit Gespräch von
        Schlacht
Und Suhrab halb, und halb mit Ruh und Schlaf verbracht.

Zehntes Buch.

95.

Wie nun des Tages Pfau sein farbiges Gefieder
Entfaltet', und der Rab der Nacht den Kopf bog nieder;
   Umgürtete der Held den Stahl, den lebenraubenden,
Und seinen Drachen schirrt' er an, den feuerschnaubenden.
   Zum Kampfplatz wie ein Sturm kam er hinan geschnaubt,
Hell glänzt' im Morgenstral der Helm auf seinem Haubt.
   Im Felde sah er dort sich um, es nam ihn Wunder,
Daß noch nicht war am Ort der junge Feuerzunder.
   Der trank noch Morgenwein vergnügt bei Lautenton,
Und seiner wartete der Tod, der Vater, schon.
   Er sprach zu Baruman: Der grimmige Löwengreis,
Mit dem ich heute nun mich tummeln soll im Kreiß;
   Er ist nicht unter mir an ragender Gestalt,
Und steht nicht hinter mir zurück an Kampfgewalt.
   Wenn ich ihn seh an Brust, Arm, Schulter und Genicke,
Ist mirs alsob ich selbst im Spiegel mich erblicke;
   Alsob ich selber so müßt anzusehen sein,
Wenn soviel Jahr als ihm die Sterne mir verleihn!
   Des Helden Anblick treibt die Scham auf meine Wangen,
Und regt im Busen mir ein liebendes Verlangen.
   O sag mir, ob er ist der Vater, den ich suche!
Damit die Welt mir nicht als Vatermörder fluche!
   Was sollt ich, kehrt ich heim, der armen Mutter sagen?
Daß ich den Gatten ihr, den Vater mir, erschlagen!
   Der Gatte zwar ist schon der Mutter lang entflohn;

Und desto mehr verlangt sie nun zurück den Sohn.

Zu ihr möcht ich zurück, hätt ich den Vater nur
Gefunden erst, den ich hieher zu suchen fur!

Die Zeichen treffen ein, die mir die Mutter gab;
Nicht töten will ich ihn für den Afrasiab!

Zwar gestern ist mir der Gedanke, den ich trug,
Vergangen, als der Mann so lieblos auf mich schlug.

Doch in der Nacht ist es mir wieder aufgestiegen,
Im Traume fand ich mich in seinen Armen liegen:
Da lag ich gut und sanft! ich will mit ihm nicht kriegen!

96.

Zu ihm sprach Baruman, nachdem er still bedacht,
Wozu Afrasiab verbindlich ihn gemacht:

Ich dächt, es hätte doch dir müßen nun verfliegen
Der Traum, im Arme sei sanft diesem Mann zu liegen!

Denn warlich muß, nach dem was du von ihm
        gesprochen,
Kein Herz, ein menschliches, in seinem Busen pochen.

Dein Mut hat einmal mit den mörderischen Händen
Den Kampf begonnen; mag den Kampf dein Mut vollenden!

Willst du nicht lösen dein verpfändetes Versprechen?
Du gabst dein Wort zurückzukehren; willst dus brechen?

Er wartet draußen schon, und wird dich mürrisch fragen:
Wo bleibst du, lieber Sohn? du scheinst vor mir zu zagen!

Ein Feigling bist du ihm, und bist du dir, erschienen;
Mit diesem Mut wirst du den Vater nicht verdienen!

Von deinem Vater ist mir Sichres nicht bekant;
Doch dich hat seinen Sohn Afrasiab genant.

Des Namens machest du dich wert, wann mutentbrant
Du jenen, der dir trotzt, hast in den Staub gerant.

Ich kenne nicht den Mann, und frage nicht, warum
Er seinen Namen birgt; befrag ihn selbst darum!
    Doch lieber, wenn du mir gehorchest, frag ihn nicht!
Schlag ihn, eh er dich schlägt! brich ihn, eh er dich bricht!
So warst du deinen Ruhm, und übest deine Pflicht.
    So sprach er, und sein Rat klang Suhrabs Ohren hohl;
Dem Redner selber war dabei ums Herz nicht wol.
    Doch Sorg und Zweifel nun schlug Suhrab in den Wind,
Legt' an sein Heergeschmeid, und sprang aufs Ross
      geschwind;
Entgegen flog in Eil dem Vater nun sein Kind.

97.

Als beide Kämpfer nun erschienen auf dem Plan,
Da kamen ihres Kampfs Zuschauer auch heran;
    Die Heermacht Irans hier, gewaffnet und geschmückt,
Vom Feldherrn Tus gefürt, vom Lager ausgerückt;
    Die Heermacht Turans dort, den Berg herabgedehnt,
Von Barman aufgestellt, und an die Burg gelehnt.
    Vor diesen Zeugen ritt zu seinem Gegner hin
Suhrab, und mit dem Mund anlächelnd grüßt' er ihn:
    Wie hast du in der Nacht geruht, und bist erwacht
Am Morgen? Früh, o Greis, hast du dich aufgemacht.
    Das Aug und jeden Sinn erlabend ist der Morgen;
Doch welchen Abend er uns bringt, das ist verborgen.
    Der Berge Häupter sind vom Stral der Frühe golden,
Mit Morgenwein gefüllt sind alle Blumendolden.
    Die Morgenlüfte gehn, die Schläfer einzuladen,
Schnell aufzustehn, und sich im Maienthau zu baden.
    Die Vögel singen laut, die klaren Bäche fließen,
Die Anger sonnen sich, und alle Blumen sprießen;

Das ist durchaus kein Tag zu Mord und Blutvergießen,
Ein Tag, das kurze Glück des Lebens zu genießen.
    Komm, lieber Alter, steig herab von deinem Drachen
Ins grüne Gras, und laß uns Waffenstillstand machen!
    Im Angesichte des und jenes Heeres laß,
Daß froh sie staunen, uns ablegen Groll und Haß!
    Des Krieges Schauplatz sei in eine Friedensbühne
Verwandelt, und ein Fest erblüh uns auf dem Grüne.
    Ich wink, und Saitenspiel und Wein kommt zum Gelag;
Ich feir im Rosenhag mit dir den Frülingstag.
    Vom Haupte legest du des schweren Helmes Glanz,
Und um dein Haar leg ich von Rosen einen Kranz.
    Dann sitzen wir beim Wein, und plaudern vom Gefecht;
Und alles, was ich weiß von mir, sag ich dir recht:
Du selber sagest auch mir Stammbaum und Geschlecht.
    Nach deinem Namen hab ich ohne Rast und Ruh
Gefragt, und Niemand sagt ihn mir, o sag ihn du!
    Nicht ziemt es zwischen uns, so Herz und Mund
            verschloßen
Zu halten, denn wir sind von gestern Kampfgenoßen.

━━━

98.

So sprach das Kind; ihm hatt aus Waßer, Luft und Flur
Gesprochen sanft ans Herz die Sprache der Natur.
    Wie eine Knospe war das Herz ihm aufgegangen,
Und das Verlangen blüht' auf seinen Rosenwangen.
    Doch wie die Knosp am Strauch, vom Frülingsstral
            geweckt,
Zurück vom kalten Hauch des Nordwinds wird geschreckt;
    Und wie die Blume, die den Kelch geöffnet hält
Dem Früthau, wenn auf sie der giftge Melthau fällt:

So schrumpfte Suhrabs Herz zusammen, und es brach
Der Hoffnung grüner Stiel ihm ab, als Rostem sprach:
    Nicht also haben wir, o liebes Kind, gewettet,
Zu ruhn in Friedensruh auf Frülingsgrün gebettet.
    Wir haben uns bestellt, im Ringkampf uns zu tummeln,
Nicht stachellos umher zu schwärmen wie die Hummeln.
    Wenn du ein Jüngling bist, so bin ich doch kein Knabe;
Du siehst, daß ich den Gurt geschnallt zum Ringen habe.
    Du hast mich lang genug aufs Tagwerk laßen warten,
Rosen zu brechen, wie sie blühn in unserm Garten.
    Der Hauch des Morgens ist belobt zu jedem Werke,
Und mir erneuet er der alten Glieder Stärke.
    Drum, eh des Mittags Glut der Sehnen Kraft abspannt,
Zeig, ob du bist ein Mann, wann ich dich übermannt!
    Ich habe nicht gehört, daß auf dem Kampfplatz plaudern
Kampflustige, wenn froh die Hengst im Frühwind
        schaudern.
    Ich habe mich versucht mit Männern hier und dort;
Ich bin ein Mann der Tat, kein Mann von vielem Wort.
    Drum meinen Namen nenn ich ehr nicht, sei verbürgt!
Als bis du liegst; dann sollst du wißen, wer dich würgt!

━━━━

99.

Da rief Suhrab erzürnt: Wolan denn, alter Mann,
Wenn dich mein gutgemeinter Rat nicht beugen kann!
    Mein Wunsch war, daß du einst auf einem sanften Pfühl
Den Geist aushauchtest, nicht im heißen Kampfgewühl,
    Wer nach dir blieb, die Gruft dir ehrenvoll bedächte,
In Türkisschrein den Leib Sohn oder Enkel brächte.
    Doch nun, mit Gott! wenn ist in meiner Hand dein
        Hauch,

Mit meiner Hand hier will ich ihn entbinden auch!
So rief er, und vom Ross sprang er gewaffnet nieder;
Der Helm klang auf dem Haupt, der Panzer um die Glieder.
Und ihm genüber schwang sich Rostem ab, ihm klang
Laut an der Hüft ein Schwert, das halb der Scheid
    entsprang.
Mit Schweigen giengen beid und füreten mit Schweigen
Die Ross' an ihrer Hand zum Bach hin unter Zweigen;
Wo an des Baches Rand ein einzler Felsen stand,
Der tauglich schien, ein Ross zu halten fest am Band:
Um den schlang Rostems Hand den Zaum des Rachs im
    Nu,
Und Suhrab eilig band sein Ross dort an dazu.
So standen dort in Ruh, das eine bei dem andern,
Die Rosse, da zum Kampf die Männer mußten wandern.
Friedfertig schnaubten sie sich an, und legten, als
Umarmeten sie sich, vertraulich Hals an Hals.
Sie unterredeten sich schweigend: ach, sie brächen
Ihr Schweigen gern auch, daß sie ihren Herrn zusprächen!
Doch diese ließen stehn mit seinem Sohn den Rachs,
Und schritten auf den Plan zum Faust- und Ringkampf
    stracks.

100.

Sie gürteten sich fest die Mitte, stülpten dicht
Die Aermel um den Arm, und furchten das Gesicht.
Zwei Löwen gleich an Wut, herschoßen sie zumal;
Vom Leibe Schweiß und Blut vergoßen sie zumal.
Zwei Leiber wurden da Ein Leib, indem sie rangen,
Um den vier Arm' im Knäul wie Schlangen sich
    verschlangen.

Wie eine Goldspang eng den Frauenarm umschmiegt,
Und wie fest an dem Leib ein naßes Kleid anliegt:
So mit den Armen eng umschmiegten sich die beiden;
Anstrengten hin und her und wiegten sich die beiden:
An Kraft nicht, noch an Kunst besiegten sich die beiden.
Sie hätten Stein und Erz zerdrückt in ihren Armen;
Sie drückten sich umsonst, und drückten ohn Erbarmen.
Angst fühlte Brust an Brust, und Glied um Glieder
      Schmerz,
Als Vater dort und Sohn sich drückten so ans Herz.
Indessen oben sie sich mit den Armen klemmten,
Den Odem in der Brust, das Blut im Herzen hemmten;
Indessen hielten sie am Boden die gestemmten
Füß' eingewurzelt. So rang Suhrab mit Tehemten
Mit mächtigem Umfahn, gewaltigem Umschlingen,
Vermochten sie sich doch zu Boden nicht zu ringen,
Vermochten sie sich nicht vom Grund empor zu bringen,
Vermochten sie sich auch vom Platz nicht wegzudringen.
Umsonst umschlangen sie, umsonst umflochten sie;
Vergebens rangen sie, vergebens fochten sie.
Voll Wut andrangen sie, voll Wut aufkochten sie;
Sich nicht bezwangen sie, noch übermochten sie.
Nun wollten sies, anstatt mit Ringen und mit Dringen,
Mit Schwingen in die Luft vollbringen und erzwingen.
Los ließen Vater sich und Sohn, und seine Hand
Ausstreckte jeder nach des andern Gürtelband.
Und Rostem schwang den Sohn empor mit einem
      Schwunge
Am Gürtel: fast erlag dem Alten da der Junge.
Doch dieser fiel, vom Glück geschleudert, auf die Brust
Des Gegners schwer, und warf ihn nieder in den Dust.
Da kniet' er auf der Brust des Vaters, und besann
Sich selber nicht, wie er die Oberhand gewann.
Da zuckt' er rasch den Dolch, und, ohne dran zu denken,
Wollt er den kalten Stahl ins Herz des Vaters senken.

101.

Rostem, aufblickend, sah das nahe Ungemach
Schweben ob seinem Haupt, und rief: Gemach, gemach!
  Gemach! was willst du tun? Bist du aus Heldensamen,
So schände deinen Ruhm nicht jetzt und deinen Namen!
  Du kommest her und stammst aus wilder Türken Mitte:
Nach Iran kommst du, kämpfst, und kennst nicht Irans
          Sitte.
  Die Sitt ist hier zu Land, daß, wer den Kampf mit Ringen
Beginnen mag, und in den Staub den Gegner bringen;
  Das erstemal, da er ihn an den Boden legt,
Umbringet er ihn nicht, wie sehr ihn Zorn bewegt.
  Ihn schelten würde man und seinem Namen fluchen!
Mit einem zweiten Gang läßt ers den Feind versuchen.
  Vermag er dann zu Fall ihn wiederum zu bringen;
Dann ists erlaubt, ist Sitt und Recht, ihn umzubringen.
  So sprach er, ob villeicht er sei durch List errettet
Vom Gegner, unter dem er unsanft lag gebettet.
  Suhrab hielt zweifelnd inn, und sprach: Ich habe nicht
Von dieser Sitt im Land vernommen den Bericht.
  Sag an, ob wirklich so es alle Helden halten,
Obs so gehalten wird von Rostem auch, dem alten?
  Doch Rostem sprach: Was geht dichs an, wies Rostem
          macht?
Nun ja doch! diesen Brauch hat Rostem aufgebracht. –
  Wie Rostems Sohn aus Rostems Mund dieß Wort gehört,
Das Schwert zog er zurück, und ließ ihn los, betört:
  Einmal, von Selbstvertraun, sodann von Schicksalsfug,
Am meisten aber, weil sein Herz von Großmut schlug;
Sonst hätt ihn nicht allein betört des Vaters Trug.
  Rostem sah froh erstaunt sich los vom Feind gekettet,
Doch war er unmutsvoll, daß ihn nur List gerettet.

Vom Boden sprang er auf, und schüttelte die Glieder
Vom Staub, und ein die ausgerenkten renkt' er wieder.
　　Doch Suhrab wendete von ihm sich ins Gefild,
Und jagte vor sich her ein aufgesprungnes Wild.
　　Auf dieses macht' er Jagd zur Kurzweil, und vergaß
Des Mannes ganz, mit dem er erst im Kampf sich maß.

—————

102.

Doch Rostem, als er war entbunden seiner Qual,
Gieng an den Bach hinauf, dort in ein Felsental,
  Wo er vor langer Zeit einmal mit einem Geiste
Zusammentraf, als er des Wegs aus Turan reiste,
  Als er dort aus dem Krieg mit Beute schwer beladen
Zurückkam, mühsam gieng er da auf seinen Pfaden.
  Dem Rostem damals war solch eine Kraft verliehn,
Die nicht nur seinen Feind, die drückte selber ihn.
  Denn wo er auf dem Grund mit seines Leibs Gewicht
Auftrat, gab nach der Grund, und widerstand ihm nicht.
  Den Fußtritt drückt' er tief auch härterem Gestein,
Nicht lockerm Sande nur und weichem Boden ein:
  So wehrlos schon, vielmehr wann er die Waffen trug,
Und nun trug er dazu noch schweren Raubs genug.
  Im Melme sank ihm ein der Fuß bis an den Knöchel;
Da lachte neben ihm der Berggeist mit Geröchel.
  Wer, fragte Rostem, lacht? Dumpf sprach der Berggeist:
      Ich!
Worüber? Weil ich seh im Grund einsinken dich.
  Die dir die Mutter gab, die Kraft ist lästig dir,
Du bist zu schwach für sie, gib sie zu tragen mir!
  Und brauchst du sie einmal, wann matt sind deine
      Glieder,
So komm und ruf! so geb ich deine Kraft dir wieder.
  Da gab der Pehlewan dem Berggeist in Verwar
Den Ueberschuß der Kraft, die ihm beschwerlich war.
  Jetzt aber kam er her, um, ehr im Berge modern
Er ließe seine Kraft, sie nun zurück zu fodern.
  Denn gegen Suhrab war der Sieg ihm zweifelhaft,
Wenn er nicht näme ganz zusammen seine Kraft.

———————●———————

133

Elftes Buch.

103.

Zu Suhrab aber, der froh seiner Jagd nachgieng,
Kam Barman, als der Tag sich an zu neigen fieng.
   Er kam, von bangem Mut und Ungeduld getrieben,
Was in den Sternen nun ob Suhrab sei geschrieben,
   Und welchen Wunsch erfüllt sehn sollt Afrasiab,
Von beiden wen im Grab, ob Rostem ob Suhrab?
   Er wußte nicht, warum sie ihren Kampf geschieden,
Und fürchtete, daß Sohn und Vater machten Frieden.
   Doch als er wolgemut herwandeln jenen sah,
Rief er ihn an, indem er trat mit Staunen nah:
   Was ist es? was geschah? wo ist dir hingekommen
Der Gegner, den du dir zu würgen vorgenommen?
   Doch Suhrab lächelnd sprach: Er ist mir nicht entwischt;
Auf einen neuen Gang hab ich mich angefrischt.
   Ihn fragte Baruman: Warum ward aufgehoben
Der Kampf? Doch Suhrab sprach: Er ward nur
         aufgeschoben.
   Im Ringen hatt ich ihn geworfen auf den Plan,
Schon zuckt ich meinen Dolch, da wars um ihn getan;
Doch er mit lautem Ruf rief mich um Schonung an:
   Gemach! was willst du tun? Bist du aus Heldensamen,
So schände deinen Ruhm nicht jetzt und deinen Namen!
   Die Sitt ist hier zu Land, daß, wer den Kampf mit Ringen
Beginnen mag, und in den Staub den Gegner bringen;
   Das erstemal, da er ihn an den Boden legt,

134

Umbringet er ihn nicht, wie sehr ihn Zorn bewegt.
 Ihn schelten würde man und seinem Namen fluchen!
Mit einem zweiten Gang läßt ers den Feind versuchen.
 Vermag er dann zu Fall ihn wiederum zu bringen;
Dann ists erlaubt, ist Sitt und Recht, ihn umzubringen.
 So sprach er, und ich gab auf dieses Wort ihn frei,
Daß er mir erst erlegt im zweiten Gange sei!
 So sprach Suhrab vergnügt; doch Barman sah das Walten
Des Himmels, daß Rostem für Iran sei behalten.
 Zu Suhrab sprach er: Weh! du bist des Lebens satt:
Ein Glück begegnet nie zweimal an Einer Statt.
 Den Pardel ließest du entspringen aus den Schlingen,
Darein ihn Gott dir gab: nun wird er dich verschlingen!
 So sprach er misvergnügt, und wendete sich ab
Vom Knaben rasch, den er nunmehr verloren gab.
 Er gieng hinweg, und sprach: Das Schicksal mag es
   lenken
Mit ihm, wies ihm gefällt! ich will das Heer bedenken.

104.

Auf einem Felsenthron saß dort der Geist und sah,
Das Tal herauf ein Mann kam seinem Sitze nah.
 Voll Muts und unmutsvoll umschauend kam er bei;
Da merkte wol der Geist, daß er gesuchet sei.
 Ein Abendnebel lag als Helm auf seinem Haubte;
Den hob er weg, indem er mit dem Atem schnaubte.
 Auf seinem Throne saß der Geist nun unverhüllt,
Doch finster, von des Bergs verborgner Kraft erfüllt.
 Den Rostem rief er an: Wen und was suchst du? sprich!
Darauf sprach Rostem: Dich und meine Kraft such ich.
 Ich seh und kenne dich, wie ich dich schon geschaut;

Du bist nicht seit der Zeit gealtert noch ergraut;
Doch kennst du mich? und weißt, was ich dir anvertraut?
   Mit düsterm Lächeln gab zur Antwort ihm der Geist:
Ich kenne dich nicht mehr, Rostem! du bist ergreist.
   Doch was bemühest du die alten Heldenglieder
Zu mir? Tehemten sprach: Gib meine Kraft mir wieder!
   Bis heute kam ich aus mit dem, was ich gespart;
Das Ganze brauch ich heut; gib her, was du bewart!
   Da sprach der Geist: Die Kraft des Menschenkinds, wann
       sie
Von ihm gewichen ist, kehrt ihm zurücke nie.
   Denn keinem kann er sie zur Wiedergabe geben;
Du aber gabest mir die deine aufzuheben.
   Wol aufgehoben hier ist sie und aufbehalten;
Viel beßer als bei dir ruht sie in Bergesspalten.
   Warum willst du mit ihr dein alterndes Genick
Beladen? Held, du nimmst auf dich ein Misgeschick.
Doch weigern werd ich sie dir keinen Augenblick,
   Wenn du sie ernstlich willst, und dreimal sie verlangest;
Allein bedenk es recht, wozu du sie empfangest!
   Ich gebe, Stück für Stück, dir deine Kraft zurück,
Ich gebe sie dir, doch zum Unglück, nicht zum Glück.
   Laß deine Kraft hier ruhn! du hast der Taten nun
Genug getan: zum Leid wirst du dir eine tun!
   Tehemten, ja, ein Leid, ich fürchte, wirst du finden
Durch deine Kraft, davon dir selbst die Kraft wird
       schwinden.

105.

So unterhandelten sie dort um Rostems Kraft;
Doch Rostems Sohn sah sich im Feld um zweifelhaft,

Und wußte nicht, was er vom Gegner denken sollte,
Der nicht erschien; und ob er heimwerts lenken sollte,
    Ob warten noch, bis doch villeicht er wiederkäme,
Damit er heute noch das Leben hier ihm näme!
    Am Ende dünkt' es doch das Beste seiner Meinung,
Im Feld zu warten noch auf seines Feinds Erscheinung.
    Denn, sprach er, heute früh hat er auf mich gewartet,
Nun wart ich spät auf ihn, so ist es wolgeartet.
    Der Abend ist so schön nicht, als es uns versprach
Der Morgen; in der Welt kommt Herbes Frohem nach.
    Die Sonne sinkt, und läßt ein blutges Abendrot
Zurück als Abschiedsgruß, den sie dem Leben bot.
    Wo aber bleibt der Mann, den ich nicht missen kann?
Ich töt ihn in der Nacht, weil er am Tag entrann!
    So sprechend, blickt' er auf, und sah den Rostem kommen,
Alswie ein Meteor trübrötlich angeglommen.
    Dem Suhrab schien er ganz verwandelt zauberhaft,
Von wunderbarem Glanz, in voller Jugendkraft.
    Mit Staunen grüßt' er ihn, mit Zittern und Verzagen;
Wo er gewesen sei, hatt er nicht Mut zu fragen.
    Er fragt': Und ringen wir noch heute vor der Nacht?
Und Rostem sprach: Ei ja! es ist geschwind vollbracht.
    Da traten an zum Kampf der Vater und der Sohn;
Der angetan mit Kraft, die diesem war entflohn.
    Wie, wann die Sonne sinkt, die Nacht siegjauchzen mag,
Und wann die Nacht erliegt, so triumfirt der Tag:
    So mochte Rostem leicht ob Suhrab triumfiren,
Der nicht gewinnen konnt, und jener nicht verlieren.
    Da zog die Dämmerung aus Abendwolkenflor
Dem Schauplatz dieses Wehs den dichten Vorhang vor;
    Daß von dem Doppelheer, das als Zuschauer nah
Dem Schauspiel war, was da geschah, kein Auge sah.
    Da griffen an die zwei, da war es schon getan;
Vom Vater war es ab-, und um den Sohn getan.
    Rostem tat einen Ruck, und Suhrab lag im Dust;

Rostem tat einen Zuck, sein Dolch traf Suhrabs Brust.

——

106.

Suhrab sprach todeswund: O ungetreuer Mann!
Das ist der Schonung Lohn, den ich von dir gewann.
　Von Rostem hast du mir ein Märchen vorgelogen,
In Rostems Namen um mein Leben mich betrogen.
　Doch sei ein Fisch im Meer, ein Vogel in der Luft,
Die Rach ereilet dich, wo ich lieg in der Gruft.
　Wenn Rostem das erfärt, und er wird es erfaren;
Nicht wird ihm das Gerücht die Trauerkund ersparen –
　Wenn Rostem es erfärt, so gibt er dir den Lohn
Dafür, daß du erschlugst sein und Tehminas Sohn.
　Er sprachs und von dem Wort getroffen, Rostem schrak
Zusammen, alsob ihm der Dolch im Busen stak.
　Er rief: O Unglückskind, was sagst du? sags geschwind,
Sags recht, wer deine unglückseligen Eltern sind!
　Doch Suhrab sprach mit Stolz und Trauer in der Miene:
Ich bin Suhrab, der Sohn von Rostem und Tehmine;
　Er Irans Hort, und sie Semengans Frauenzier.
Die Mutter hat mich hergesandt, den Vater hier
Zu suchen, weil er dort solang nicht kam zu ihr.
　Die Spange gab sie mir mit als Erkennungszeichen;
Die Spange, die er ihr einst gab, sollt ich ihm reichen.
　Die Spange trug ich nicht am Arme; vor Verlust
Sie zu bewaren, trag ich hier sie auf der Brust.
　Reiß das Gewand hier auf am Busen, das mich drückt,
Und sieh das Zeichen, das den Sohn von Rostem schmückt!
　So sprach er, und vor Weh dem Vater wollt entweichen
Die Seel, und harrte nur noch aufs Erkennungszeichen.
　Wegriß er das Gewand, und sah, wie einen Molch

In Rosen, in der Brust dort sitzen seinen Dolch;
Der stak noch in der Wund, als Scheide, die er schloß;
Nun zog ihn Rostem aus, und Suhrabs Leben floß.
In Purpurwellen floß das Leben hin, und tränkte
Das Gold der Spange, die Tehminen Rostem schenkte.
Er zog der Spange Gold, besetzt mit den Rubinen
Vom Blut des Sohns, hervor, selbst mit blutlosen Mienen,
Und rief: Suhrab, mein Sohn! Weh Rostem und Tehminen!

107.

Dumpf einen Augenblick in seines Jammers Füllen
Hinstarrte Rostem noch, dann hub er an zu brüllen.
Alswie ein Tiger brüllt, wann er, im Busch verhüllt,
Gelaurt auf einen Raub, von heißer Gier erfüllt:
Er lauert auf ein Rind, das von der Rinderherde
Dem grünen Busche nahn, und ihm verfallen werde.
Inzwischen geht einher des Tigers einzges Junges,
Das er im Neste glaubt, untüchtig noch des Sprunges.
Das kommt dem Busche nah, worin sein Vater lauert;
Der hört den Tritt im Gras, und ist von Lust durchschauert.
Er denkt: Da ist das Rind! und stürzt, vor Gierde blind,
So denkt er, auf das Rind, und stürzt aufs eigne Kind.
Dann siehet er, was ihm die blutgen Branken füllet;
Da bricht sein Tigerherz; und wie er nie gebrüllet,
So brüllt er: wie er nie gebrüllt in Wut um Blut,
Brüllt er nun um des Sohns vergoßnes Blut in Wut.
So brüllte Rostem jetzt, bis, sein nicht mehr bewußt,
Er hinsank atemlos an seines Sohnes Brust.
Ohnmächtig sank er hin, in Ohnmacht lag er da;
Das erstemal, daß dieß im Leben ihm geschah!
Erschöpft war seine Macht, und seine Kraft gebrochen,

Die Kraft, die er solang im Mark der alten Knochen
  Getragen, samt der Kraft, die ihm aufs neu geworden
Recht eigentlich dazu, den eignen Sohn zu morden.
  So lag er bei dem Sohn, selbst einem Toten gleich,
Und bei ihm lag der Sohn, im Antlitz todesbleich,
  Im Antlitz todesbleich, am Herzen todeswund,
Mit Rosen seines Bluts blümend den grünen Grund.
  Noch floß das Blut, noch stand der Odem nicht, noch sah
Und fühlt' er, sterbend freut' er sich dem Vater nah.
Den Vater, ob ihm schon von ihm dieß Leid geschah,
  Den er allein gesucht, den hatt er doch gefunden,
Und lag, wie er geträumt, von seinem Arm umwunden.

────

108.

Dort das Zuschauerheer, nichts schauend in der Hülle
Der Nacht, nachdem es erst vernommen ein Gebrülle
Vom Kampfplatz, nam es war jetzt eine Totenstille.
  Sie ahneten, daß dort ein Unglück sei geschehn,
Und hatten nicht den Mut, mit Augen es zu sehn.
  Da machten aus dem Heer von Iran einige Kühnen
Sich auf, und naheten zuletzt des Todes Bühnen.
  Am Bache fanden sie, am Felsen, unter schaurig
Gesenkten Zweigen stehn die beiden Rosse traurig.
  Wie sie da sahn den Rachs, den Thron des Rostem, leer
Von Rostem, eilten sie mit Klaggeschrei zum Heer,
  Mit lautem Klaggeschrei: Tehemten ist nicht mehr!
Dahin ist Irans Hort! Rachs ist von Rostem leer!
  Da kam ein Schreck aufs Heer, und wie ein Sturm das
      Meer
Bewegt, bewegte sie die Botschaft, dumpf und schwer.
In Aufruhr kam das Heer, und Alles trat in Wehr.

Die Pauke ward gerürt, und die Trommete klang;
Wie Wogen setzte sich das ganze Heer in Gang.
    Vor ihrem Nahen drang den Kommenden voraus
Zur stillen Walstatt dort das wachsende Gebraus.
    Rostem bei seinem Sohn aus seinem Todesschlummer
Erwachend, neu empfand er seinen Todeskummer.
    In neuen Jammerton ausbrechen wollte schon
Sein Schmerz, da sänftigt' ihn mit sanftem Wort der Sohn,
    Der seinen letzten Geist und letzten Hauch gewann,
Und sammelt' ihn, womit hinsterbend er begann
Die Rede, die ihm leis', alswie sein Blut, hinrann:

109.

O Vater! eh mir fort das Leben rinnt, und dort
Die Fremden nahn, vernim des Sohnes letztes Wort!
    Sein erstes, welches dich nicht zweifelnd Vater grüßt!
Von diesem Gruß ist mir der bittre Tod versüßt.
Ich habe nicht zu teur des Herzens Stolz gebüßt,
    Tehemtens Sohn zu sein! mit dem vereint ich wollte
Die Welt bezwingen, die mich so bezwingen sollte!
    Was klagest du und weinst? nicht du hast mich
            erschlagen;
Dazu bestimmt hat mich der Mutter Leib getragen.
    Darum hat sie umsonst dem Sohne nachgesandt
Den Vetter, dem allein der Vater war bekant.
    Erschlagen hast du ihn, Nachts auf die Burg gerant,
Damit von Niemand mir der Vater sei genant!
    Wenn es die Mutter nun erfärt, was wird sie sagen?
Beklagen soll sie mich, und Rostem nicht verklagen.
    Schick heim zu ihr von hier all meine Waffenzier,
Und auch die Spange, die von ihr ich brachte dir!

Laß auch den Baruman mit seinen Türken gehn
Unangefochten, die durch mich in Waffen stehn!

Nicht fechten werden sie, weil sie mich liegen sehn;
Denn dieser Aufbruch ist allein durch mich geschehn.

Auch den Hedschir, den ich im Schloß gefangen habe,
Mit Bitt und Drohungen ihn angegangen habe,

Dich mir zu zeigen, was hartnäckig er verschwieg,
Bis ich mein Roß, dich aufzusuchen, selbst bestieg;

Bestraf ihn nicht darum, daß er mir nicht gesagt
Den Namen! hab ich doch dich selbst umsonst gefragt!

Daß Guders nicht durch mich um einen ärmer werde
Der achtzig Söhne, weil durch ihn an kalter Erde

Tehemtens einer liegt! Weils ihm das Glück beschied,
Laß ich ihm gern das Schloß, und selber Gurdafrid.

Gurdaferid, so ist ein schönes Weib genant,
Die hat unlängst mich hier mit Waffen angerant,

Und mir verheißen, daß um mich sie wollte weinen,
Wann Rostem mich erlegt; das mag sie nun bescheinen!

O daß nicht bitterer die Mutter weinen müßte,
Wenn sie nun statt des Sohns die goldne Spange küsste!

Die Spange send ihr nur, mein Roß und meine Waffen;
Doch meinen Leib sollst du von hier nach Sabul schaffen

In deine Fürstengruft! und hier dein grünes Zelt
Spann über mir! so nem ich Abschied von der Welt.

Ich kam alswie ein Blitz, und gieng alswie ein Wind;
Nun, Rostem, sieh mit einem Blick noch an dein Kind!

Und mit gelindem Ton, eh mir die Kraft entflohn
Zu hören, nenne mich Suhrab, Tehemtens Sohn!

⊢──┤

110.

Er sprachs, und Rostem schwieg; er öffnete den Mund

Zu reden, aber zugeschnürt war ihm der Schlund.

    Hinstarrt' er schweigend auf des jungen Dochts Verglühn.
So sieht ein Wanderer das Abendrot verblühn,

    Das seinem Wege noch als letzte Fackel lacht;
Die Fackel lischt, und um ihn her ist finstre Nacht:

    So war für Rostem bald nun ganz hinweggenommen
Des Lebens Lust, sobald das Leben dort verglommen.

    Doch näher kam der Klang und Waffengang der Schar,
Und Rostem sprang empor, zerrüttet wie er war.

    Von seinem Sohn hinweg entgegen trat er ihnen,
Mit Staub auf seinem Haupt, und Jammer in den Mienen;
Nie den Iraniern war Rostem so erschienen.

    Allein sie sahen, daß am Leben Rostem sei,
Und übers ganze Heer erscholl ein Freudenschrei.

    Wie eine Reiterschaar, die über ihrem Haubte
Die Fahne wieder sieht, die sie verloren glaubte,

    Jauchzt, daß gerettet ist die Fahn, obgleich zerfetzt;
So jauchzten sie dem tiefgebeugten Helden jetzt.

    Doch als er näher kam, sprach er, von Grimm und Gram
Zugleich bewegt, zugleich erregt von Stolz und Scham:

    Ihr Fürsten Irans all und Edlen, kommt heran,
Und seht, was Rostem hier für Irans Ruhm getan!

    Den Helden Turans, der sein Haupt im Himmel trug,
Den Schrecken Irans schlug Tehemten schwer genug.

    Ich hab in Tag und Nacht geschlagen manche Schlacht,
Doch meinem Ruhm nie solch ein Opfer dargebracht.

    Iranier, für euch hat Rostem hier geschlachtet
Den Suhrab, seinen Sohn, damit ihr ihn betrachtet!

    Er sprachs, da war verstummt ihr Jauchzen in Entsetzen;
Er sprachs, ohn eine Wang, ein Auge nur zu netzen.

    Sie sahn in seinem Blut den jungen Helden liegen,
Den Adler, dessen Mut zur Sonne war gestiegen;

    So schön, so groß, so frei, so edel, kühn und stark,
Ob schwach auch, todesmatt, der Kern von Rostems Mark.

    Sie riefen: Weh, daß solch ein Schmuck der Welt

verdorben!
Er sah ihn an und sprach: Er ist noch nicht gestorben,
  Und soll nicht sterben! Geh, Guders, zu Keikawus,
Und bring dem Könige von Rostem Bitt und Gruß.
  Den Lebensbalsam, der des Todes Wunden stillt,
Der tropfenweis der Höl im Kaukasus entquillt,
  Hat er in seinem Schatz; davon soll er mir geben
Drei Tropfen, daß Suhrab, mein Sohn, mir bleib am Leben!

Zwölftes Buch

111.

Hilfeile flügelte des greisen Boten Fuß,
Schnell bracht er an Kawus von Rostem Bitt und Gruß:
    Von Rostem ist Suhrab, der Sohn Rostems, erschlagen;
Der Sieg am Feinde hat dem Vater Weh getragen;
Er wehklagt laut, und alle, die ihn sehn, wehklagen.
    Er bittet dich durch mich, und all wir andern bitten:
Wenn Rostem je für dich gekämpft hat und gestritten,
Komm ihm zu Hilfe jetzt im Weh, das er erlitten!
    Vom Lebensbalsam, der dem Kaukasus entquillt,
Den du im Schatze hast, der Todeswunden stillt,
Gib ihm drei Tropfen schnell, so du ihn retten willt!
    Doch langsam sprach der Schah: Gottlob, der Sorg
            entkettet
Bin ich und aller Furcht, da Rostem ist gerettet;
Im Staube liegt sein Feind, da ist ihm wol gebettet.
    All meinen Balsam gäb ich ja für Rostems Leben;
Doch keinen Tropfen werd ich einem Türken geben.
    Rostem für Iran ist schon stark genug allein;
Mit solchem Sohn vereint, möcht er zu stark uns sein.
    Der stolze Mann, soll ich ihm diesen Dienst erzeigen,
So muß er selber nahn und mir zu Fuße neigen!
    Er sprachs, und jener sah des Königs harten Sinn,
Von seinem Flehen sei zu hoffen kein Gewinn;
Die üble Antwort trug er schnell zu Rostem hin:
    Der Schah ist herbgelaunt; er will für Rostems Leben

All seinen Balsam, doch nicht einen Tropfen geben
Für Rostems Sohn. Soll er dir diesen Dienst erzeigen,
So mußt du selber gehn, und ihm zu Fuße neigen.

Da kämpfte Stolz und Schmerz in Rostem einen Kampf,
So heiß, daß sichtbar ihm vom Haupte stieg der Dampf:
Er hob und hielt den Schritt, und zuckte wie im Krampf.

Dann beugt' er sein Genick demütig dem Geschick;
Ertragen wollt er des feindselgen Königs Blick.

Drei schwere Schritte hatt er schon im Weg gemacht;
Da ward die Botschaft ihm in Eile nachgebracht:

Die Sonne, deren Ruhm der Welt geleuchtet, barg
Sich in die Nacht; dein Sohn braucht nichts als einen Sarg.

━━━

112.

Tehemten gieng zurück zu seinem toten Sohn;
Sie hatten zugedeckt des Toten Antlitz schon.

Der Vater aber hob mit seiner Hand die Hüllen
Hinweg, um neu sein Herz mit Jammer zu erfüllen.

Rings war dreifache Nacht: am Himmel Nacht, im Herzen
Tehemtens Nacht, und Nacht verlösche Suhrabs Kerzen.

Ihn sah beim Sternenlicht der Vater, und erschreckt
Stand er, dann rief er aus, als er ihn zugedeckt:

Oft hab ich wol dem Tod ins Angesicht geschaut
In mancher Schlacht, und nie hat mir vor ihm gegraut.

Und schöner hab ich ihn, als hier im Angesicht
Des Jünglings nie gesehn, doch ohne Grauen nicht!

Weh, Rostem, dir! weh dir! mit deinem Heldenruhme
Kaufst du vom Tod zurück nicht diese Liebesblume.

Zäl in Gedanken auf nur alle deine Taten!
Durch diese letzte hier sind alle schlecht geraten.

O unglückseliger geliebter Jüngling du,

So ruhest du durch mich, und raubest mir die Ruh!
    Dich hat von Kindheit an ein falscher Glanz entzündet;
Das, was von Rostems Ruhm dir das Gerücht verkündet,
    Das trieb zum Vater dich; dein Stolz und deine Lust,
Dein Leben wars, dein Tod, zu ruhn an seiner Brust.
    Du hast mit Ungestüm dich an mein Herz gedrängt;
Dafür mit deinem Blut hab ich mein Erz getränkt!
    Ich habe dich als Feind bewundert und beneidet,
Und finde dich als Sohn, daß mirs das Herz durchschneidet.
    Dazu ward meinem Leib die Jugendkraft erneut!
Doch unerneubar nun brach sie mit dir mir heut.
    Durch dich den größten Schmerz, durch dich hab ich
        erlitten
Die größte Schmach: erniedrigt hab ich mich zu bitten!
    Zu bitten einen Schah, von dem ich war gewohnt,
Gebeten selbst zu sein, seitdem durch mich er thront.
    Um dich demütigt ich dieß stolze Haubt in Staub,
Und habe nicht dadurch dem Tod geraubt den Raub!
    Das laß die Sühnung sein, o Sohn, für alle Kränkung,
Die dir der Vater tat, nach unsrer Sterne Lenkung!
    So wars verhängt, daß, der sein Haupt im Himmel trug,
Es brächt in Staub dadurch, daß er sein Kind erschlug.

113.

So klagt' er in der Nacht, und um ihn klagend saßen
Die Fürsten her, die heut den Schmaus der Nacht vergaßen.
    Voll war von Tröstungen der weisen Freunde Mund,
Vergebens, Rostem war um seinen Sohn herzwund.
    Er hielt in seiner Hand die blutgenetzte Spange,
Und sprach zu ihr: Du kalte, glatte, gelbe Schlange!
    Du hast mit deiner giftgen Heimlichkeit gestochen

Das Herz des Sohnes, und des Vaters Herz gebrochen.
    Du selber brachest nicht; was hast du nicht gebrochen
Dein tötlich Schweigen, und der Rettung Wort gesprochen?
    Dem Vater kontest du, daß der sein Sohn sei, sagen!
Warum hat er versteckt im Busen dich getragen?
    Warum antwortet ich nicht seinen Liebesfragen?
Nun muß des Unglücks Schuld die arme Spange tragen!
    Die Schuld trägt mir der Rachs, der Rachs, der, als ich
            schlief
Dort müde von der Jagd, sich im Geheg verlief,
    Der von den Türken dort sich fangen ließ und füren
Zur Stadt, wohin ich dann nachgieng, ihn aufzuspüren.
    O beßer wär ich nach Semengan nie gekommen!
Kein Leben hätt ich dir gegeben, noch genommen.
    Nicht hätt ich in der Nacht mir dort antrauen laßen
Das blühnde Weib, um früh am Tag sie zu verlaßen.
    Warum von einem Sohn gab sie mir Nachricht nie?
Warum erkundigt ich mich nie um ihn und sie?
    O Rachs, geritten sind wir damals nicht mit Glück
Auf jene Jagd: dieß Weh bracht ich als Fang zurück.
    Drum wirst du niemehr auch mit frölichem Behagen
Deinen Reiter wie sonst zu Jagd und Schlachten tragen!

▬▬▬

114.

So klagt' er in der Nacht, da stieg der Tag empor;
Und Kawus selber kam mit seines Hofes Chor.
    Dem Helden bracht er dar Entschuldigung und Trost;
Kühl aber war sein Wort, alswie des Morgens Frost:
    Des Reiches Pehlewan! was sitzest du im Staub,
Dem Kummer untertan, und deines Leides Raub?
    Ob auf der Erde Grund des Himmels Zelt du würfest,

148

Ob Feuer in den Mund der weiten Welt du würfest;
   Du brächtest nicht vom Gang zurück einen Gegangnen,
Und kauftest von dem Fang nicht los einen Gefangnen.
   Das Leben ist ein Wild, vom Tode stets gehetzt;
Schnell ist das Leben, doch schneller der Tod zuletzt.
   Kein Starker ist so stark, so rasch ist nicht der Rasche,
Den überwältigend sein Tag nicht überrasche.
   Von ferne hab ich angestaunet diese Seule
Des Heeres, diese Brust und Schulter, diese Keule.
   Ich sprach zu mir: An Art den Türken gleicht er nicht;
Von Sabuls Heldenstamm den Fürsten weicht er nicht.
   Was wußt ich, daß er, Held, so nah dir sei verwandt,
Durch dich zu fallen hier, vom Schicksal hergesandt!
   Mein Lebensbalsam nun vermag ihn nicht zu heilen;
Doch edle Spezerein will ich der Leich erteilen.
   Ich ordne selbst die Pracht der Totenfeier an,
Zu ehren ihn und dich, des Reiches Pehlewan!
   Sein Grab will ich aus Gold und schwarzem Marmor
         baun;
Nun laß das Antlitz mich des toten Helden schaun!

115.

Er sprachs, und rührete der Totendecke Rand;
Doch Rostem deckte schwer auf seinen Sohn die Hand,
   Und sprach, zum König nicht erhebend sein Gesicht:
Der König Keikawus sieht Rostems Jammer nicht!
   Herr König, geht nach Haus! aus ist hier Kampf und
         Schmaus;
Des Sohnes Leichenfeir richt ich nun selber aus.
   Geschlichtet mit dem Heer der Türken ist mein Streit;
Ich gebe bis zur Grenz ihm sicheres Geleit,

Auf Suhrabs Bitte, der darum mich sterbend bat,
Weil nur das ganze Heer für ihn die Fart antrat.

Von diesem Geiste war allein das Heer beseelt,
Und ist ein toter Leib, da dieser Geist ihm fehlt.

Genommen hab ich ihm den Geist mit dieser Hand;
Nun geb ich alle frei, der eine bleibt mein Pfand.

Keikawus, geh nach Haus, in Istachar zu sagen,
Wie leichten großen Sieg du hier davongetragen:

Geschlagen sei ein Heer, weil ich den Sohn erschlagen!
Geht alle heim, und laßt mich meinen Sohn beklagen!

Er sprachs, und schwieg, und nicht erhob er sein Gesicht;
Er blickt' auf seine Leich, und hielt die Decke dicht.

Keikawus sprach: Was er verordnet, sei getan;
Mich schmerzt in seinem Schmerz des Reiches Pehlewan.

Ihr alle folget mir, Heerfürsten groß und klein!
Den Rostem laßen wir mit seinem Schmerz allein.

Der König sprachs, und gieng, und alle folgten nach,
Und Rostem blieb allein mit seinem Weh und Ach.

———

116.

Ins Lager zog das Heer, und ab ward Zelt um Zelt
Gebrochen schnell, als gieng in Trümmer eine Welt.

Die Rosse wieherten, es schmetterten Trommeten,
Die Fahnen flatterten, die Fart ward angetreten.

Sie furen heimwärts nun, doch traurig, ihre Bahn,
Denn ihnen fehlete des Reiches Pehlewan.

Doch Rostem richtete sich auf von seinem Sohn,
Und sah das Heer im Zug, und leer das Lager schon.

Von allen Zelten stand nur noch sein grünes da,
Hochragend, und umher die niedrigern ihm nah

Von seiner Sabulschar; die ordnete Sewar,

Sein Bruder, dort, dann stellt' er selber ihm sich dar.

Tehemten sprach zu ihm: So ist der Kampf geschieden!
Geh hin ans Türkenheer, Sewar, und bring ihm Frieden!

Zuerst räum ein die Burg dort oben dem Hedschir;
Sag ihm: Die schenkt Suhrab für treue Dienste dir!

Dann sprich zu Baruman: Auch dich zum Lohn der Treue
Entläßt Suhrab, damit Afrasiab sich freue!

Du selbst, o Bruder, gibst dem Türken das Geleit,
Bis er die Grenz erreicht, sie ist von da nicht weit.

Dann wende dich von ihm links auf Semengan zu,
Und an Tehmina dort die Spang hier bringe du!

Verwische nicht daran von Suhrabs Blut die Spur!
Es ist das einzige, was von ihm heimwerts fur.

Nim auch sein Waffenkleid, sein Ross und
      Kriegsgeschmeid,
Und gib ihrs, daß sie sich ersättige am Leid!

Sie wird des Rosses Huf an ihren Busen drücken,
Das Schwert (entwind es ihr!) nach ihrem Herzen zücken.

Die Hände ringen wird sie und das Haar zerraufen,
Blut weinen, und das Blut des Sohnes nicht erkaufen.

Vom Vater ihren Sohn wird sie zurückverlangen,
Und klagen, daß sie nicht einmal die Leich empfangen.

Zu Boden wird sie sich, ins Waßer, auf das Feuer
Sich werfen, und es dient nicht ihrem Weh zum Steuer.

Dann sag ihr das zum Trost, wie du mich hast gesehn:
Daß sie nicht mein', ihr sei das Leid allein geschehn!

Dann kehre schnell! hier wart ich dein bei Tag und Nacht;
Damit uns dieser dann nach Sabul sei gebracht!

━━━

117.

So sprach er, und Sewar gieng an die Sendung schnell;

Doch Rostem rief: Schafft mir das grüne Zelt zur Stell!
Ich geh nicht hier vom Ort, wo ich den Sohn erschlagen;
Doch über ihn im Tod soll auch mein Heerzelt ragen.
So rief er, und geschwind ward von der Sabulschar
Das grüne Heerzelt aufgespannt, wo Suhrab war.
Der Vater ließ sodann in edle Spezereien
Ihn legen, daß bewart die schönen Glieder seien.
Wie eine Rose, die den ganzen Stock geschmückt,
Im Morgenthau am Stiel vom Gärtner abgepflückt,
Damit sie bleibe frisch, ins Waßer wird gesteckt;
So blühend lebensgleich lag er vom Tod gestreckt.
Auf Purpur und Brokat lag er in Gold und Seide;
So schmückt' ihn sich zur Lust der Vater und zum Leide.
Dann aber ordnet' er die Totenfeier an,
Und feierlich im Zug zog Sabuls Heer heran.
Sie zogen, Ross und Mann, am grünen Zelt vorbei,
Im Kreiß umher, mit Feldmusik und Feldgeschrei.
Den Rossen aber war geschoren Mähn und Schweif,
Und an den Pauken abgespannt der ehrne Reif;
Die Bogen ohne Senn, und alle Spitzen stumpf:
So zogen sie, und all die Pauken schollen dumpf.
Dreimal an jedem Tag, am Morgen, um die Mitte
Des Tags, und vor der Nacht, pflogen sie dieser Sitte.
Rostem auf seinem Rachs ritt nicht dem Zug voran;
Bei seinem Sohne saß im Zelt der Pehlewan.
Doch jeden Morgen sprach er da: Suhrab, mein Sohn!
Hörst du den Kriegsheerton, und wachst nicht auf davon?
Und jeden Abend dann sprach er: Mein Sohn Suhrab!
Die Sonne geht hinab, und du gehst in dein Grab.
Als er zum neuntenmal um sein erloschnes Glück
Am Abend trauerte, kehrt' ihm Sewar zurück.

———

118.

153

Und als vom Schlaf der Nacht war neu das Heer erwacht,
Sprach Rostem, der verwacht bei seinem Sohn die Nacht:

Sewar, mein Bruder! jetzt brecht überm Haupt mir ab
Das grüne Zelt, und nehmt von mir hinweg Suhrab!

Bringt ihn nach Sabul in die Gruft, in der ich wollte
Gern schlafen, wenn ich ihn damit erwecken sollte.

Sag unsrer Mutter dort, der alternden Rudabe,
Die oft gewünscht, von mir würd ihr ein Enkelknabe:

Hier schick ich einen ihr, so schön, wie sie ihn nur
Gewünscht; von einem Fehl an ihm ist keine Spur,

Nur daß des Vaters Dolch fehl gieng in seine Brust:
Verdorben hat der Sohn am Enkel ihr die Lust.

Ihr geht! ich bleibe hier; fragt nicht warum! was mir
Begegne, fragt nur nicht! doch laßt den Rachs mir hier!

Grüß alle Mannen dort, das ganze Volk und Land;
Sewar, das alles geb ich nun in deine Hand.

Der Mutter wag ich nicht zu sehn ins Angesicht,
Und keinem Menschen dort; nach Sabul kann ich nicht.

Umtummeln muß ich hier mich etwas in der Oede,
Daß ich den Schmerz in mir, den grimmen Drachen, töde.

Das ist das kleinste nicht der Rostemsabenteuer,
Denn grimmig ist der Drach, und speiet Gift und Feuer.

Nun Glück zur Fart nach Haus! und laßts euch nicht
            beschweren,
Daß ich euch fürt' heraus, und laß euch so rückkehren!

Lebt alle wol! wenn man daheim von Rostem spricht,
Und fragt, wohin er kam? so sagt, ihr wißt es nicht.

www.ingramcontent.com/pod-product-compliance
Lightning Source LLC
Chambersburg PA
CBHW021127020726
47500CB00003B/958